D1674884

Karin Peschka

Autolyse Wien

Erzählungen vom Ende

Karin Peschka

Autolyse Wien

Erzählungen vom Ende

OTTO MÜLLER VERLAG

Für Taha. Für mich.

Die Arbeit an diesem Buch wurde unterstützt durch das Adalbert Stifter Stipendium des Landes Oberösterreich.

www.omvs.at

ISBN 978-3-7013-1253-5

Satz: Media Design: Rizner.at
Druck und Bindung: CPI Moravia Books s.r.o.,
69123-Pohořelice, Tschechien

Grafische Gestaltung: Taha Alkadhi,
basierend auf Originalen von Oskar Stocker

EINER, OHNE

Wien? Ohne Wien. Ein Mann, die zerstörte Straße entlanggehend, dabei die Namen jener Nobelmarken memorierend, deren Flagshipstores sich hier zwei Wochen zuvor noch mit exklusiv leeren Auslagen gebrüstet hatten. Dieser Mann trug nicht einmal einen Namen. Er war nichts. Kein Niemand, kein Jemand, keine Zuschreibung passte.

Er war ins Goldene Quartier gezogen, Ecke Graben und Kohlmarkt, fand Unterschlupf in einem der Luxusläden, die Gläser Splitterkathedrahlen, die messingfarbenen, weitmaschigen Sicherheitsgitter verbogen. Ein Stecken genügte, um sich Zutritt zu verschaffen. Drinnen: Sitzgarnituren aus Leder, im hinteren, nur für das Personal zugänglichen Raum gab es Trinkbares, Mineralwasser aus Frankreich, Champagner und Crémant rosé. Der Mann räumte auf. Ware war aus den Regalen gefallen, den weißen, schlichten Schaufensterpuppen – ohne Gesicht, nur Angedeutetes gab es hier – war der Pelz von den Schultern auf den Boden geglitten, zwei hatten sich im Sturz die Arme gebrochen, eine den Kopf verloren. Der Mann packte die Gefallenen in die linke der beiden mit je einer Chaiselongue ausgestatteten Umkleidekabinen. Die rechte diente ihm als Schlafraum, ein Nerz als Decke, ein Zobel als Polster.

Das Haus mit dem noblen Geschäft im Erdgeschoss, darüber Kanzleien, Privatordinationen und eine alte Frau, die hier ihre Wohnung tatsächlich noch bewohnte, dieses Haus bot ihm Zuflucht in der postkatastrophalen Zeit. Es hatte seinen Stuck abgeworfen und das Dach zum Großteil verloren. In den oberen Stockwerken waren viele Fenster ohne Rahmen und nur mehr grobe Löcher im Mauerwerk, dieses schwarz verrußt.

Der Mann überlegte, ob es klug wäre, hier zu bleiben. Überlegte und saß dabei im Schatten verborgen, so dass er wohl hinaussah, aber kaum jemand ihn von außen entdecken würde. Saß in einen siebenfach dichten Kaschmirschal gewickelt, trug Männerhosen, deren unteres Bein sich schafteng an die Unterschenkel schmiegte. Der Oberschenkelstoff hingegen war ein wenig gerafft, der Zwickel mittig zwanzig Zentimeter über dem Knie.

Saß, umwickelt, die Beine in modischen Hosen, die Füße in bunten Schuhen, die passende Größe hatte der Mann, wie alles andere, im Lager gefunden, dort auch einen Pullover aus hellgrünem Mohair, eine Art Military-Jacke, nur dass es keine war, sondern aus hauchdünnem Ballonstoff gefertigt, mit dauniger Wattierung und stilisiertem Camouflage-Muster. Auf dem Kopf eine Kappe im Burberry-Stil, weich gewebter, karierter Stoff, doppelt gesteppte Nähte, und eine Brille mit Fensterglasscheiben, aber Horn und breite Bügel. Das dunkle Material ließ die Haut keineswegs bleicher wirken, sondern betonte die Form des Gesichts, und darüber hinaus das Einzigartige, das noch nie so Präsente des Mannes, ohne.

Ohne Namen, ohne Arbeit, ohne Wohnung war er gewesen. Keine Freundschaften, Familie, Wünsche oder Verpflichtungen, kein Pass, keine Steuernummer. Ohne aufzufallen, ohne anzuecken hatte er gelebt. Sich beim Caritas-Bus seine Mahlzeiten geholt, meistens am Praterstern, um abseits der anderen zu essen, war nie aufgefallen, nie gefragt worden, ob er nicht doch mitmöchte ins Asyl, hatte sogar in den letzten, wirklich kalten Wintern sich lieber in ein Möbelhaus geschlichen, um dort heimlich zu übernachten und am Morgen spurlos zu verschwinden. Hatte sein Leben selbst gezeichnet jahrelang, in freiwilliger Abwendung von dem, was er „das System der Gesellschaft“ nannte, wenn er sprach, was selten genug gewesen war, kaum vier Sätze pro Woche. So hätte es weitergehen können, mit dem höchsten Ziel, in Ruhe gelassen zu werden und als Preis dafür den Grad der Unauffälligkeit zu perfektionieren.

Nach dem Unglück war der Mann in die Innenstadt gewandert, unbemerkt von den wenigen Überlebenden, die an ihm vorbei in die Außenbezirke drängten. Musste nur zur Seite gehen, sich an einen Pfeiler lehnen, war schon Teil der Umgebung, die durch Einsturz und großflächige Zerstörung nichts Individuelles mehr aufwies, oder besser: deren individuelle Merkmale erst erkannt werden mussten. Es gab zwar keinen Stephansdom mehr zur Orientierung, kein Haas-Haus, keine Michaelerkirche, und die Pestsäule auf dem Graben war ebenfalls verschwunden, weil der Graben sich als solcher im eigentlichen Sinn seines Namens definiert hatte. Aber natürlich bot sich einiges an, hob quasi die Hand, schrie: Hier, nimm mich an Stelle der Kirche, der Säule! Die auf eine besonders absurde Art aus einem Bodenspalt ragende und einer alten Gaslampe nachempfundene Straßenlaterne. Mannshoch nur mehr und ein guter Haltegriff beim Schritt über den Spalt. Das lilafarbene Schild eines Modeschmuck und anderen Kitsch verkaufenden Geschäftes, schräg verbogen und auf den Kopf gestellt. Dort musste der Mann links abbiegen, ein Stück weiter hatte die Erdbewegung ein hochpreisiges Elektrofahrrad aus einer Auslage gedrückt und zusammengequetscht. Traurig sah es aus, aber wies den Weg zum Goldenen Quartier, das zum Notquartier des Mannes geworden war. Dann achtete er auf verfaulende Leichenteile unter den vielen Bruchstücken und Scherben eines ehemals mit Hauben ausgezeichneten Restaurants. Er sah genauer hin, weil ihn der Fortschritt der Verwesung interessierte. Den Weg kannte er auch so.

Der Mann ohne Namen lebte in der Stadt ohne Zukunft, in einem Geschäft ohne Kunden. Manchmal hörte er die dünne Stimme der alten Frau. „Hallo“, rief sie, „ist da jemand?“ Er brauchte nur mit seinem Stecken auf etwas zu klopfen, etwa den metallenen Regenschirmständer, um das Rufen auszulösen. Entweder Friedenszins oder reich, dachte der Mann, der nichts hatte außer sein Nichts, auch keine Eigenarten, keinen bestimmten Charakter. Hinter der Auslage im dunklen Eck sitzend. Sollte er gut sein oder schlecht? Er klopfte, sie rief. Dann war es wieder still von beiden Seiten.

MALIK, ALISIA

Wien? Leergeräumt. Ein Tosen oben, ein Dröhnen unten, dazwischen Stille. Zehn Tage und einen halben waren sie unterwegs. „Siehst du den Himmel?" Alisias schöne Hände hinaufzeigend in das graue Dach. Noch immer hat sie schöne Hände, dachte Malik, bald ist nur noch ihr Name schön.

Sie stiegen über Betonbrocken mit rostiger Bewehrung, herausdrohend aus Bruchstellen, über gestürzte Bäume und krautige Sträucher. Sie kletterten über Wälle aus Schrott, erkannten Automarken, riefen sich zu: „Ein Mercedes!" „Ein Kia!" „Ein Ford!" Wie sehr hatte sich Alisia einen Ford Mustang gewünscht. Weil man sich etwas wünschen soll, das gut klingt, erklärte sie Malik, denn oft genug wiederholt, wird ein Wunsch Teil der Person. Diese Verknüpfung reiche über das Sterben hinaus in den Tod, im besten Fall fragte jemand noch nach Jahrzehnten sein Gegenüber, ob es sich an jene Alisia erinnern könne, die so gerne einen Mustang gehabt hätte. Sie sei vor langer Zeit gestorben. Alisia verstummte. Würde es einen „Jemand" noch geben, oder ein „Gegenüber"? Sie und Malik zweifelten daran. Jeder für sich und vorerst im Stillen. So etwas auszusprechen und sich an die Seele zu heften, war etwas ganz anderes und nicht Nichts.

Auf der Suche nach trittfestem Untergrund stiegen sie in die leeren Trommeln ausrangierter Waschmaschinen. Tasteten sich die Hügel hinunter aus verbogenen Alustühlen und Gastgartentischen, dazwischen ein Grün oder Gelb oder Blau aus einer anderen Welt. „Schneid dich nicht", sagte Malik bei jedem scharfkantigen Ding, das ihren Weg kreuzte, Kreuzschnitte sah er an ihren Händen vorauseilend einer Wirklichkeit, die stattfinden könnte jeden Moment, Schnitte mit Blut, und tropfen würde es und rinnen oder sprudeln, und nichts würden sie haben, um es stoppen zu können.

In der Nacht hatte Alisia sich gewunden, Regelschmerzen, keine Tampons, keine Binden. Um etwas zu finden, schickte sie Malik fort. „Ich dachte, bei Stress oder Katastrophen bleibt das aus“, sagte er und machte sich auf die Suche, die Zusammengekrümmte zurücklassend im Winkel einer sich neigenden Mauer. Das Versteck war gut, man durfte es nicht verraten. In Ecken, Kurven und Umwegen ging Malik, keine Seele war ihnen bislang begegnet, weder Mensch noch Tier, aber man brauchte nichts zu riskieren, man wisse ja nie. Zurückgekommen war er mit einer Tasche voll rosafarbener, dünner Servietten, Kaffeehaus-Servietten, solche, die man in einem Eissalon zum Eis bekam, unzureichend, ein Witz, aber viele hatte er davon gefunden und vier Packungen zu je drei Eiswaffeln und dreiundzwanzig Stück Kaffeeobers in winzigen Portionen.

Alisia stopfte sich Servietten in die Unterhose, dann saßen sie, ließen die neue Nacht kommen, tropften Obers auf Waffeln und aßen diese sehr langsam, ohne das Mindesthaltbarkeitsdatum zu beachten. Ein Datum machte nur Sinn, wenn es etwas gab, worauf man sich in der Zeit hinbewegen konnte. Wie der achtzehnte Geburtstag oder Weihnachten.

ERICH

Wien? Wo? Gab viele Wände, die man anbrüllen konnte, viele, und alle gehörten Erich, der sich halbnackt in dem herumtrieb, was früher eine Heimat gewesen war, zur Zerstörung freigegeben, wiewohl schon halb, fast oder ganz zerstört. Die Reste, das Widerborstige niederzubrüllen war der Auftrag, weswegen sonst hatte sich die Geschlossene geöffnet. Vor wann, vor wie langer Zeit? Aus einem Spalt war Erich gestiegen im blauen Pyjama, hatte dem Wärter, dem Aufseher, nein, wie hieß das? Dem Pfleger, hatte dem Pfleger den Schädel nicht eindrücken müssen, der lag ohnehin zerquetscht unter Balken und Steinen, und ein anderer schrie hinter dem Netzbett eingeklemmt, hatte sich bös' verletzt, schrie: „Erich, hilf mir, Erich, komm, hilf!" Erich hörte es bis in die von seinen Händen verschlossenen Ohren hinein. Wippte. Vor. Zurück. Wippte. Vor. Zurück. Suchte sich etwas zusammen im Hirn und ging dann, stieg dann doch noch einmal hinein durch den Spalt, half dem anderen, bis er nicht mehr schrie.

Nur Erich durfte wild und laut durch das ziehen, was früher ein Ort gewesen war, den er kannte. Der ihn gekannt hatte. Der sich in Hauseingänge zurückzog, trat Erich auf. Der die Fenster schloss, die Türen absperrte, der den Vierteltelefonanschluss der Eltern anwählte oder dann doch gleich die Polizeistation oder dann doch gleich die Rettung, je größer und stärker er wurde, im Körper, im Kopf, im Denken, in der Kraft. Die sich nur bändigen ließ mit Einheiten von diesem Mittel und Einheiten von jenem, „wehren Sie sich nicht, Herr Erich", gebändigt von Pflegern, niedergehalten von ledernen Gurten, „zu Ihrem Besten, Herr Erich", die Spritze in die Armbeuge gesetzt oder grob hineingestoßen, wo immer es ging, war er zu schnell, zu unfassbar gewesen.

Aus dem Dämmerzustand hatte ihn das Unglück geborsten, das Wiegen (vor, zurück, vor, zurück) ließ nach an der freien Luft, den Mund konnte er wieder schließen, den Speichel schlucken, er stand im Regen, der rostig war und lau, aber Regen war es und frei war er auch. So sein Denken, so sein Wesen.

Brüllend zog er durch das, was früher hätte ein Heim sein können. Schlug und trat gegen alles, was sich schlagen und treten ließ. Fand und aß, fand und trank, einmal eine Kiste Rotwein in einem Kellerloch, wäre fast sein Tod gewesen, hatte sich fast ins Koma gesoffen und lag danach vier Tage bewegungslos, bevor er weiterzog, etwas leiser, hungrig, nach wie vor voller Wut.

Einmal nur. Einmal nur. Stand er zögernd geschlagene zwei Stunden still. Wütete es in ihm, das Für, das Wider, das innere Abwägen, ob er das Ding in der Hand hinein schleudern sollte in dieses einzig heil gebliebene Schaufenster, sah gar nicht, was dahinter lag, sah nur das Ganze, die Fläche und den Spiegel, und davor liegend unzählige Gegenstände, die man hätte hineinschleudern können. Die von anderen fallengelassen worden waren, um dieses letzte Heile zu verschonen.

Erich schleuderte nicht. Ließ aber auch das Ding nicht fallen. Hielt es fest in der Hand. Drehte sich weg, um die zu suchen, die vor ihm hier gewesen sein mussten.

OLJA

Wien? Verödet. Olja? Schwanger. Ungewollt, alles ungewollt. Olja, vierundreißig Jahre alt, medizinisch technische Assistentin im Allgemeinen Krankenhaus, spezialisiert auf Magnetresonanz und Computertomographie. Einzige Tochter ihrer Eltern. Diese lebten in Temerin, einem kleinen serbischen Ort nahe Novi Sad, oder waren tot. Vor drei Monaten hatte sich die Welt im Weiterdrehen an etwas gerieben und sich dabei die Haut abgeschürft.

Wie das Wildschwein an einer Eiche, aber die Eiche kümmert es nicht, dachte Olja, und an Bastian dachte sie. Er war der Vater des Kindes in ihrem Bauch, das sie nicht haben wollte und nun haben würde ungeachtet aller Wünsche. Seine Drohung: es ihren Eltern zu erzählen, die er doch kennenlernen sollte eines Tages. Ihnen zu verraten: Eure Tochter hätte euch einen Enkel schenken können, aber sie hat abgetrieben, weil, ja weil. „Das musst du ihnen dann erklären, Olja", hatte er gesagt und mit der Tür geknallt.

Bastians Wesen war herrisch und besitzergreifend. Olja hatte es in der anfänglichen Verliebtheit nicht bemerkt, ein paar Monate Gnadenfrist, bis sich die Wahrheit ans Licht arbeitete. Kurz vor dem dritten Adventsonntag ein erster Ausbruch aus einem nichtigen Grund. Firmenweihnachtsfeier, sie machte sich hübsch. Für wen? „Wie bitte?", hatte Olja gefragt, im kleinen Bad ihrer Mietwohnung, sich mit dem Ohrstecker am linken Ohr abmühend, immer hatte sie auf dieser Seite das Problem, aber schön waren die Stecker, mit je einem türkisen Halbedelstein und einer weißen, in Gold gefassten Perle. Von wem sie diesen Schmuck bekommen hätte, von einem Exfreund, und warum sie ihn genau heute trage, wollte Bastian wissen.

Also Eifersucht. Großes Drama, heftiger Streit. Olja war zur Weihnachtsfeier gegangen, aber ohne Freude und nicht lange. Immer in Gedanken versunken, ob sie zu heftig reagiert, ob sie nicht umgekehrt selbst ähnliche Fragen stellen würde. Sie hatte sich, während die Kolleginnen und Kollegen fröhlich waren, mit abwesender Miene Szenarien ausgedacht, Bastian vor dem Spiegel im Vorzimmer seiner Wohnung, Eigentum, abbezahlt. Sich für ein Firmenfest rüstend, duftend und rasiert. Je länger sich Olja in diese Vorzimmersituation hineinversetzte, umso besser fand sich Äquivalentes in ihrem möglichen Verhalten, und obwohl sie natürlich wusste, dass sie anders war, dass sie ihm gratulieren würde zu seinem perfekten Aussehen, dass sie sehr wohl zwar Angst hätte vor den herausgeputzten Sekretärinnen und Abteilungsleiterinnen der Immobilienfirma, in der Bastian arbeitete. Obwohl das alles der Fall war, fiel es ihr im Verlauf des Abends und mit zunehmender Alkoholisierung leicht, sich einzureden, sie wäre keinen Deut besser gewesen.

Ein Anruf in der Garderobe, zwischen den Jacken und Wintermänteln der Kollegenschaft, gegenseitiges Vergeben, verfrühtes Aufbrechen gleich nach der Ansprache des ärztlichen Direktors, mit dem Taxi zu Bastian, Geschlechtsverkehr und drei Wochen später die Feststellung, schwanger zu sein.

Mit absoluter Sicherheit schwanger. Frühtest nach der morgendlichen Übelkeit. Weil auch Bastian nicht dumm war und Zeichen deuten konnte, hatte er den Test in der Apotheke besorgt. Olja urinierte auf den Streifen, wartete in der Toilette seiner Wohnung auf das Ergebnis, wissend um die Brisanz der Entscheidung und gleichzeitig mit großer Klarheit: Sie durfte nicht schwanger sein, durfte mit diesem Mann nicht zusammenbleiben, weil er genau das Gegenteil von dem war, was sie haben wollte. Weil er ihr die Freiheit nehmen würde und sie sich ihm unterwerfen in allen, in wirklich allen Dingen, je länger, je enger, je unauflöslicher.

Daher weinte sie beim blauen Plus, was Bastian so gerne als Freudentränen gedeutet hätte, was aber Verzweiflung war ob dieser Erkenntnis, drei Wochen zu spät. Wieder Drama, wieder heftiger Streit, verbunden mit der konkreten Drohung seelischer Erpressung und der angedeuteten körperlichen Züchtigung, würde sie das Kind nicht austragen. Wo hatten sich die Abgründe verborgen in diesem Mann, der außen perfekt war und innen pervers?

Aber Mutter, aber Vater! Die strenggläubigen Eltern. Olja weinte. Die Katastrophe hatte Wien abgerissen, kein einzelnes Abbruchhaus, eine Abbruchstadt war daraus geworden, ein Meer von Halbeingestürztem, von Ruinen. In einer davon hauste Olja, immer noch mit Schwangerschaftsübelkeit kämpfend, aber zumindest in vordergründiger Sicherheit. Das bunkerähnliche Lager gehörte zu jenem Restaurant, in dem sie mit Elena, ihrer engsten Freundin, gefeiert hatte. Was? Den Entschluss, sich von Bastian zu trennen. Sie hatte ihn verlassen, war mit einem Koffer und allen Dokumenten zu Elena gezogen, da Bastian ihre Wohnung belagern würde, womöglich die Tür eintreten. Die Nachbarn waren verständigt. Die Dame wäre nicht hier, sollten sie sagen. Für längere Zeit verreist. Zwei Wochen Urlaub hatte sich Olja genommen, um die Schwangerschaft zu beenden, der Termin in der Ambulanz war für den nächsten Tag vereinbart, danach auf Elenas Couch sich erholen und Pläne fassen. Neu anfangen.

Im Anschluss an das Dessert fegte die Welt über sie hinweg, riss alle Tische, Stühle, alle Gläser und Teller mit sich.

Spät war es geworden, kaum andere Gäste, ein Kellner im Schlussdienst, die Küche schon geschlossen. Im Gegensatz zu Kellner, Koch und Küchenhilfe überlebten die zwei Frauen den Sturm. Olja, die mit dem Rücken zur Wand saß, mit tiefen Schrammen quer über die Wange. Elena schwerst verletzt.

Sie starb am nächsten Tag. Fünf Tage später hatte sich Olja weit genug gefasst, um die Freundin notdürftig zu begraben, indem sie Schutt anhäufte, eine Art Rundwall baute, diesen mit Schotter und allem möglichen auffüllte, zuvor Elenas Augen mit Münzen bedeckte und den Leichnam in Tücher hüllte, die leider nicht weiß waren, sondern rot kariert. Als Grabplatte diente ein umgedrehter Tisch, auf den Wall gewuchtet. Nur ein Tischbein ragte unversehrt, mit dem Stück eines anderen und einer Kordel band Olja ein Kreuz zusammen. Anfangs zündete sie auch Kerzen an, bis sie beschloss, diese zu sparen. Kerzen gab es in jedem Restaurant, sie brauchte nur ein wenig im Schutt zu graben, fanden sich welche. Fand sich auch ein Arm des Kellners, wurde wieder zugedeckt. Koch und Küchenhilfe waren nicht zu finden, vielleicht hatten sie kurz vor dem Drama das Gebäude verlassen. Olja wusste von ihrer Existenz nur, was sie – vor dem Dessert – auf dem Weg zur Toilette gesehen hatte. Die Toilette lag im Gang hinter der Tür zur Küche, möglich, dort war auch ein Raum für die Angestellten mit deren Spinden und die beiden darin, aber: Nichts regte sich, wenn Olja still war und lauschte.

Sie musste sich übergeben, sobald sie den leicht süßlichen Verwesungsgeruch wahrnahm, der sich nicht lokalisieren ließ. Er konnte von überall her kommen, auf ihren Erkundungen durch die Umgebung war er stets präsent. Olja krümmte sich daher ständig. Eng waren die Kreise, die sie zog. Immer wieder zurück zum Lager, der Hintereingang begehbar, die Tür absperrbar und gesichert, der Schlüssel war im Schloss gesteckt, ein Glück.

Ein Glück im Unglück. Olja rätselte. Warum sie war, wie sie war, so fatalistisch ruhig, ihrem eigentlichen Charakter entgegengesetzt. Womöglich lag es an der fortschreitenden Schwangerschaft, der Embryo hatte sich in ihr festgekrallt, der Überlebensinstinkt im Minimalsten, geschehe was wolle, ich bleibe bestehen. Mit diesem „Ich" könnte durchaus die menschliche Rasse gemeint sein, dachte Olja, sie die Urmutter, den Lebensfunken weitertragend, irgendwo da draußen eine andere Olja, mit dem geschlechtlichem Gegenstück im Leib heranwachsend, um eine neue Sippe zu gründen.

„Das sind Hirngespinste, das ist verrückt", sagte Olja zu Elenas Tischbeinkreuz. Immer, wenn ihr nach Reden war, saß sie dort. Zu diesen Gelegenheiten zündete sie eine Kerze an, so gern hätte sie Weihrauch verbrannt, ihr ganzes Verlangen war auf den Geruch von Weihrauch ausgerichtet, da winkte etwas aus der Kindheit herüber. In der Kirche mit den Eltern, die serbisch-orthodoxen Weihnachtsfeiern, das Slava-Fest. Sie hätte den Familienheiligen erben können, vom Vater, weil kein Sohn vorhanden, aber an Töchter wird er nur weitergegeben, wenn sie daheimbleiben. „Siehst du, Elena", sagte Olja, „ich bin fortgeschickt worden, nach Wien." Zur Tante, der Schwester des Vaters, die kinderlos geblieben war, die dem Vater eingeredet hatte: „Gib mir deine kleine Olja, ich sorge für ihre Ausbildung, und wenn aus ihr etwas geworden ist, kommt sie zurück." In Novi Sad hätte sie arbeiten können in jeder Ordination, in jedem medizinischen Institut. Bei oder neben den Eltern leben, deren Haus war für mehrere Generationen gedacht. Sofern es noch stand.

War nur eine Idee gewesen, eher wohl die Ahnung einer Idee. Als sie ihren Koffer gepackt hatte und die Dokumente sortiert. Daheim noch, in ihrer Mietwohnung, die wenigen Dinge, die Bastian in der kurzen Zeit ihrer Beziehung bei ihr deponieren konnte, in einem Hofer-Sack verstaut und neben die Tür gestellt. Da hatte sie an das große Haus der Eltern gedacht. An die warmen Sommer ihrer Kindheit. Die Ausflüge nach Novi Sad. Auf dem Platz vor der Marienkirche hatten sie und ihre Mutter Eis gegessen, der Vater mochte kein Eis. Manchmal durften die Nachbarskinder mitfahren, das war schön gewesen. Und das Haus war schön gewesen, der obere Stock sollte der ihre sein. Leider hatte die Fruchtbarkeit der Mutter nicht für Geschwister gereicht, natürlich die der Mutter, das war doch ein weibliches Problem und durfte der Männlichkeit nicht angelastet werden. Aber, man arrangierte sich.

„Fast war ich so weit, mir zu überlegen, nach Temerin zurückzugehen“, erklärte Olja dem Kreuz. „Vielleicht hätte ich sogar das Baby bekommen, ich war mir nicht sicher, ich wollte dir das gar nicht sagen.“ Sondern sie hätte sich erst endgültig entscheiden wollen auf dem Weg zur Abtreibungsklinik, direkt vor dem Gebäude, hätte auf ein Zeichen gehofft, das ihr sagt, welcher Weg der richtige wäre. Mit Kind nach Temerin, den Eltern einen Enkel schenken. Mit Kind in Wien bleiben, es ohne Bastian großziehen. Ohne Kind nach Temerin, den Eltern sich selbst zurückgeben, ihnen eine Stütze im Alter sein, sich dort einen Mann suchen und eine Familie gründen. Ohne Kind nach Novi Sad und als Singlefrau glücklich werden. So viele Optionen. Sie wollte das Elena nicht sagen. Wie eindeutig hätte ein solches Zeichen ausfallen müssen? Was, wenn es diese Sprache gesprochen hätte: In Wien bleiben, das Kind austragen und Bastian noch eine Chance geben?

Und dann brach die Welt zusammen. Deutlich genug. Olja überlebte, das Kind überlebte, der Rest war tot oder verschwunden oder trieb sich in der Nacht vor dem Lager herum. Folglich blieb Olja ruhig und bereitete sich vor, so gut es ging, denn sobald die Schwangerschaftsübelkeit vorbei sein würde und das Frühjahr stabil, noch bevor sie zu dick war, um sich zu bewegen, wollte sie sich mit den letzten Vorräten aufmachen, um die Donau entlang nach Novi Sad zu wandern.

„Mach dir keine Sorgen, Elena", sagte Olja und streichelte das Kreuz. „Schwangere Frauen sind stark." Das habe sie gelesen, das wolle sie gern glauben.

Wien? Vorher fremd, jetzt noch fremder. Rose verstand kaum ein deutsches Wort, zumindest kein relevantes. Der Redeschwall des Mannes blieb ein Rätsel, vielleicht hätte sie ihn verstehen können, wenn sie sich ihm entgegengestellt hätte, ihn aufgehalten, gebeten, langsamer zu sprechen und auch, ihr zu helfen.

Aber Wut ist, wie Irrsinn, international. Daher blieb Rose, wo sie war, kauerte hinter einem umgestürzten Bus der Wiener Verkehrsbetriebe, Linie 13A, hoffte, der Mann, der laut schrie und offensichtlich fluchte, würde vorüberziehen und nicht hersehen, bitte nicht hersehen. Hellster Tag, junger Frühling, die erste wirklich warme Zeit im Jahr, und die schönste Season in Wien. „Come", hatte ihre Tante geschrieben, in ihrem eigenen Denglish, das sie witzig fand, „visit me, we will gehen in die Lobau spazieren und essen Langos in the Prater, visit me, please." Auntie, dachte Rose. Dear Auntie.

Von Gainesville, Florida, nach Atlanta, Georgia, von Atlanta über Frankfurt, Germany, nach Vienna International Airport. Auntie war nur fünf Jahre älter als Rose, die jüngste Schwester ihrer Mutter, Job bei der OPEC, verliebt in Wien und ständig voller Heimweh. Lud sich die Verwandtschaft ein, nun war Rose an der Reihe, Lieblingsnichte. Come.

Der Verrückte war hinter einer Ecke verschwunden, sein Schimpfen verklungen, Rose lehnte am Bus, glättete ein Blatt Papier auf dem Boden. From Vienna International Airport take the train to Wien Hauptbahnhof, change to Citybus 13A… „Laudongasse", flüsterte Rose, dort musste sie hin. War zur Explorerin geworden, Scott Amundsen auf dem Weg zum Südpol, suchte nach den

Haltestellen, fand eine nach der anderen im Schutt, musste danach graben und sich verstecken, fand manchmal zwei in drei Tagen, für die nächste brauchte sie eine Woche, ein alter Wienplan half. A streetcar named Desire, nein Laudongasse. Dort lebte Auntie und würde am Leben bleiben, bis sich Rose vom Gegenteil überzeugt hatte, also nicht mehr sehr lange.

Wien? Verrutscht. Über den ewigen Streukies zog es sich schwer. „Hätte noch warten können, das Unglück." Kathy war stehengeblieben, wischte sich mit dem Ärmel ihres Mantels die Stirn, kehlte sich das Trockene aus dem Mund. „Aber nein, konnte nicht warten", sagte sie, während sie versuchte, einen Stein zu entfernen, der ein Einkaufswagenrad bös' blockierte. „Dummes Unglück", murmelte Kathy.

Verklemmt hatte sich der Stein, sprang weg unter Protest. War nicht mehr als ein Kiesel, weiß und rund. Hätte auch ein Grab zieren können mit anderen weißen und runden Kollegen. Die Friedhöfe waren noch lange schön gewesen, morbid, verlassen, trauernde Engel aus Marmor, Efeu, der weiter wuchs, nichts wissend vom Unglück.

„Wär's über uns gekommen zwei Wochen später", sagte Kathy, den vollen Einkaufswagen holprig schiebend, mit viel Anstrengung ging das nur. „Wär's zwei Wochen später passiert, wer weiß, vielleicht nur eine hätt' gereicht, dann wär' der Streukies weggeräumt, der letzte Dienst vom Winterdienst. Der Hans hat genau gewusst, wann die Kehrmaschinen kommen, auf den Tag genau und immer am Stammtisch gewettet, um ein Bier, mit dem Gernot, weil er den nicht mochte und weil der lange nicht begriffen hat, dass der Hans beim Magistrat gewesen ist und noch Kontakte hatte zum Winterdienst."

Blieb stehen, ein anderes Rad blockierte, diesmal war es ein Stück Papier, Kathy befreite es, strich es glatt und schob es gefaltet in eine Tasche, die hinten am Wagen hing, dort, wo man früher seine noch leere Einkaufstasche hängen hatte, mit der Geldbörse auf deren Grund, darin streng bewachte Euroscheine und -münzen, die Bankomatkarte, die Billakarte, ein Bild von Hans und den Enkeln, von Rufus, das war der Dackel gewesen, dazu gesammelte Rabattmarken in ein Gutscheinheft geklebt, ausgeschnittene Aktionen, sehr sparsam konnte man damals sein, als es noch Geld gab. „Geld“, sagte Kathy, wieder anschiebend, „pah!“ Mehr sagte sie nicht.

Auf dem Grund der früheren Einkaufstasche lag keine Börse mehr, sondern, unter Papierresten aller Art verborgen und eifersüchtig gehütet, eine Tafel Kochschokolade. Zur Hälfte abgenagt, in Türnischen, im Dunkeln, hinter Grabsteinen, dort aber sehr ungern: Auch andere hatten erkannt, dass es sich am Friedhof gut schlafen ließ, wiewohl Kathy seit Wochen niemandem begegnet war. Die Schokolade war in Papier gewickelt, das silbrige Stanniol entfernt, während eines Gewitters, oder war es Hagel, jedenfalls laut genug, um jedes Knistern zu übertönen. Es hätte das Essbare verraten können, man teilte nicht mehr, man schaute, dass man davonkam irgendwie.

„Stimmt's?“, fragte Kathy und fragte es Björn, der nackt auf dem Einkaufswagen hockte, ihm fehlten die Augenlider und das rechte Bein, das linke war festgeklemmt im Allerlei, im Mist, der kein Mist war, sondern vielleicht noch zu verwenden. Die eine Hand wies in den Himmel, die andere plastikkalt zu Kathy, die er lidlos anstarrte, den kleinen Mund zu einem kleinen O geformt. Ein Puppenmilchfläschchen oder einen Spielzeugschnuller werde man dort hineinstecken, sobald man einen fände. Hatte Kathy versprochen, als sie Björn aufhob und mitnahm, weil man eine Ansprach' braucht, auch im Unglück oder da ganz besonders.

Wien? Eine Notverordnung. Ferenc strich über den alten Kalender. Von der Mutter in einer ihrer unzähligen Schachteln gefunden. „Hier, nimm!“ Dem Sohn mit erhobenem Kopf überreicht, kein Seitenblick auf den Vater, der ihr vor dem Unglück immer vorgeworfen hatte, sie wäre eine Sammlerin, sie hebe alles auf. Jeden Bindfaden, jedes Gurkenglas, nur unnützes Zeug.

Jetzt war alles, was man aufbewahrt hatte, wieder von Wert. Abgebrochene Bleistifte ließen sich anspitzen und bis zum letzten Rest verwenden. Kerzenstummel einschmelzen zu neuen Kerzen, aus Bindfäden Dochte flechten, die, nach einiger Übung, sogar etwas taugten. Und ein alter Taschenkalender, von jener Sorte, wie treue Kundschaft sie kurz vor Silvester in manchen Geschäften erhielt, sogar er war mehr als nützlich. Nicht, um ihn tatsächlich zu verwenden. Weder die Eltern noch Ferenc hatten dies getan. Die Eltern nicht, weil sie schon alt waren und ihnen ein Abreißkalender an der Wand stets genügte. Jahrelange Routine am Morgen: Das alte Kalenderblatt abreißen, den Witz auf dessen Rückseite, den Sinnspruch oder das Rezept zum Tag lesen, das Blatt dem anderen neben den Frühstücksteller legen.

Ferenc hingegen hatte, als die äußere Welt noch in Ordnung gewesen war, ein Smartphone benutzt, wollte er die Uhrzeit wissen, an einen Termin erinnert oder geweckt werden. Sofern das nicht die Morgengeräusche der Eltern taten. Bei denen Ferenc eingezogen war ein paar Monate vor dem Unglück, von dem man damals freilich nichts ahnen konnte. Aus Kostengründen wäre dies nur vernünftig, hatte der Vater gesagt, und keine Schande, im Gegenteil. Mit achtunddreißig zurück in das Kinderzimmer,

„Gästezimmer" hieß es inzwischen, ein „Arbeitszimmer" war es nur kurz gewesen.

Ferenc Vater hatte das Interesse an seinen privaten, für die Zeit nach der Pensionierung gedachten Studien schnell verloren. Sein Wesen sträubte sich gegen jede Form der Aufbewahrung, selbst wenn es sich um Ideale handelte. Mittlerweile bereute er das. Er hatte sich im Ruhestand mit der heimischen Pflanzenwelt vertraut machen wollen. Essbare und giftige Beeren voneinander unterscheiden, Bäume anhand der Blätter und der Rindenfärbung benennen, Pilze und Wildkräuter sammeln, im Schrebergarten ein Hochbeet anlegen und nutzvolle Stauden pflanzen. Nutzvoll im Gegensatz zu den üppigen Blumenbeeten und Rosenstöcken, dem Stolz der Mutter. Ihr war vom Vater angekündigt worden, auch die Schrebergartenhütte räumen zu müssen, ihre darin aufbewahrten Dosen, Kisten und Schachteln würden endgültig auf dem Müll landen, sobald er die Zeit fände, sich darum zu kümmern.

Auf die Idee zu dieser Annäherung an die Natur war Ferenc Vater vor einigen Jahren gekommen, an einem sehr schönen Sommertag. Die Familie – er, die Mutter, Ferenc und Luise, Ferenc Freundin – spazieren gehend, nach dem Mittagessen. Der Boden strahlte Wärme ab, von den weißen Mauern reflektierte das Licht, die Luft war mild. Luise, Ferenc Vater erinnerte sich genau, hatte vor einem Zaun den Arm gehoben. Durch den Stoff ihres leichten Kleides schimmerte ihr Körper, die pure Jugend war das gewesen, und diese pure Jugend pflückte unbekümmert die Früchte eines Strauches, dessen Äste aus einem fremden Grundstück hingen. „Maulbeeren", sagte sie. „Wollen Sie auch?" Sie bot Ferenc Vater in der Schüssel ihrer Hand einige der schwarzen Beeren an. Die Mutter war mit Ferenc ein paar Schritte vorausgegangen und in die nächste Straße eingebogen. Der Moment hatte also dem Vater allein gehört, und „Nein“, sagte er höflich, „jetzt nicht, vielen Dank.“ Als ob er jemals Beeren eines ihm nicht bekannten Strauches gegessen hätte. Undenkbar.

Aber diese Unbekümmertheit. Dieses Wissen um das Natürliche, ein Wissen, das ihm fehlte. Ihm, der sich sein Berufsleben lang mit Steuersätzen und finanztechnischen Finessen auseinandergesetzt hatte, der als Experte galt und als besonders vertrauenswürdig. Ihm fehlte ein Urvertrauen in die Natur völlig. Hinter Luise hergehend, kam Ferenc Vater dieser Gedanke: Luise und Ferenc als Eltern. Er, der Großvater mit dem Enkelkind, vor dem Maulbeerstrauch, das Kind hochhebend. „Koste ruhig“, würde er sagen. „Das kann man essen.“ Und das Kind sich sicher fühlend, weil der Großvater nicht fehl gehen konnte. Ein Herbarium wollte er anlegen, sich eine spezielle Gitterpflanzenpresse mit Zugfedern besorgen. Nach den Spaziergängen, wenn das Kind bei den Großeltern aufbewahrt wurde, weil die Eltern arbeiten müssten oder ausgingen, würde er mit ihm im Arbeitszimmer gepresste Blätter und Blumen in ein Album kleben und beschriften. Sein Enkel würde von klein an wissen, was eine Esche ist und was eine Eiche, wie man Bärlauch von den Blättern der Herbstzeitlose unterscheidet, und vielleicht sogar Vögel anhand ihres Gesanges erkennen. Aber erst käme die Auseinandersetzung mit der Flora, beschloss Ferenc Vater, dann die mit der Fauna.

Was kam, war die Pensionierung, und nichts. Erst hatte sich der Vater gegen die Anschaffung einer teuren Gitterpflanzenpresse entschieden. Denn für den Anfang würden es schwere Bücher auch tun. Ein nie benutztes und somit leeres Fotoalbum war ohnehin vorhanden. Auch ein Bestimmungsbuch wurde nicht gekauft, sondern die gesammelten Pflanzen vor dem Computer ausgebreitet und im Internet recherchiert. Ferenc hatte es den Eltern eingerichtet. Der Computer war ein gemeinsames Geschenk von Luise und ihm gewesen, zum angetretenen Ruhestand. Fünfzehn Seiten des Fotoalbums wurden beklebt und beschriftet, Knaulgras, Rotschwingel und Wiesenrispe fanden sich darin. Was sich nicht fand, war der gewünschte Enkel, denn Luise wollte keine Kinder. Ferenc, dem der Vater in einer vertrauten Stunde sein Vorhaben erzählt hatte, fühlte sich verantwortlich. Er wusste seit Langem von Luises geplanter Kinderlosigkeit und hatte selbst kein Problem damit, sondern im Freundeskreis stets gescherzt: Man habe stattdessen eine Katze.

Der Gedanke, dem Vater nicht zu genügen, war ein Haarriss, der sich zum schlechten Gewissen auswuchs und Ferenc' Beziehung sprengte. Luise und er trennten sich, im Guten, wie es hieß. Katze und Wohnung verblieben bei ihr, Ferenc, zusätzlich vom Arbeitgeber eingespart, zog vorübergehend in sein altes Zimmer. Der Computer wurde ins Wohnzimmer gestellt, das Fotoalbum in einem Kasten verstaut. Vorübergehend, und doch nicht, da kurz darauf das Unglück Ferenc und seine Eltern zwang, in die Schrebergartenhütte zu übersiedeln. Die Wohnung war unbewohnbar geworden, wahrscheinlich hatten sie es einem Zufall zu verdanken, überlebt zu haben. Die Nachbarn schienen tot zu sein oder waren verschwunden.

Ob es auch andere in die Schrebergartensiedlung geschafft hatten, war eine Frage, die regelmäßig zum Streit zwischen Vater, Mutter und Ferenc führte. Zwar ließen sich keine menschlichen Geräusche und Gerüche ausmachen, was für Ferenc das Zeichen war, die übrigen Hütten und Gärten wären unbewohnt und folglich zu erkunden. Aber obwohl es ihnen an allem fehlte und der mütterliche

Vorrat an Dingen zum Überleben nicht reichen würde, waren die Eltern strikt dagegen. Auch sie verhielten sich still und leise, meinten sie, auch sie würden bewusst keine Aufmerksamkeit auf sich ziehen, und man wolle niemandem in die Quere kommen. Nur äußerst vorsichtig stahlen sich Ferenc und sein Vater in der Morgen- und Abenddämmerung aus Hütte, Schrebergarten und Siedlung, um Essbares zu finden.

Der Vater hielt dabei nach jenem Maulbeerstrauch Ausschau, von dem Luise gegessen hatte, die Jahreszeit würde passen, die Früchte müssten reif sein. Aber das Bild der Stadt hatte sich durch die Zerstörung fundamental gewandelt, und so stand Ferenc Vater zwar oft vor einem Strauch mit schwarzen Früchten, zweifelte aber, dass es sich hierbei um Luises Strauch handelte. „Und wenn wir sie essen und sterben?“, hatte er Ferenc gefragt, der eines Tages nicht mehr zweifeln wollte, sondern hungrig Beeren in eine Tasche pflückte. Sie der Mutter brachte. Auf dem winzigen Tisch in der Hütte ausbreitete. Fragte: „Ob wir sie wohl essen können?“ Glänzend schwarze, oval geformte Beeren, drei Menschen hilflos davor, in einer Hütte, die in einem Schrebergarten voller nutzloser, wuchernder Blumen stand, der in einer wahrscheinlich doch verlassenen Schrebergartensiedlung lag, deren kleine und leichte Häuser zum Großteil eingestürzt waren, deren Gärten aber strotzten vor Tomatensorten und Zucchiniblüten, vor Chilikreuzungen und Blattsalaten, über die sich die Nacht senkte und in denen Schnecken nagten und Wildkaninchen fraßen und selbst von Mardern und Füchsen gefressen wurden.

„Hier, nimm“, sagte die Mutter und gab Ferenc den Kalender, seit Jahren abgelaufen, nie verwendet, kein einziger Eintrag. Während der Abwesenheit der Männer hatte sie in ihren Kisten, Dosen und Schachteln gewühlt. „Gesund durch das Jahr mit der Kraft der Natur“, stand auf dem grünen Einband, unter dem Logo des Herstellers biologischer Lebensmittel, in dessen Namen der Kalender verteilt worden war. Pro Woche eine Seite, und im Anschluss ein bebildertes Glossar zur Bestimmung heimischer Pflanzen. Ferenc blätterte, verglich, zeigte dem Vater ein Bild, las vor: „Morus nigra, schwarze Maulbeere.“ Der Vater nahm Ferenc den Kalender aus der Hand, beugte sich über die Seite, hielt sie in das schwache Kerzenlicht, nahm vorsichtig eine der Beeren, betrachtete sie ausführlich. Luise im Sommer, unbekümmert, der leichte Stoff des Kleides, die Geste, die Früchte in ihrer gewölbten Hand. Ferenc Vater nickte, und sie aßen. Beschlossen, mehr zu holen am nächsten Tag. Und, so die Mutter, sie könnten zumindest in den gemüselastigen Schrebergarten ihrer Freundin Irma einsteigen, denn wäre Irma noch am Leben und hier, sie hätte sich gemeldet.

IMRE, TYSON, GOLIATH

Wien? Ausgeblutet. Wie das Reh, das Imre erschlagen musste, weil Tyson es zerbissen hatte. Imre zerrte seinen Hund weg von dem sterbenden Tier und näherte sich dem Reh mit der Schaufel. Der Schnee war äußerst rot. Aber Blut, dachte Imre, das kann man auffangen und etwas damit machen. Schon längst graute ihm nicht mehr davor, er hatte rohe Leber gegessen, rohen Fisch, er hatte gelernt, dass Ekel nicht satt macht und Hunger Ekel schlägt, wie Schere Papier oder Stein Schere.

Tyson musste man allerdings beherrschen. Tyson durfte nicht aus den Augen gelassen werden. Er war ein äußerst boshafter Hund, riesig, im Grunde allerdings von einer sanftmütigen Rasse, wie es hieß. Familienhunde, gutmütig, vor allem im Umgang mit Kindern. Der ideale Gefährte, Herr Imre, geben Sie ihm eine Chance, seien Sie geduldig! Das wird sein gequältes Herz erweichen und sein Misstrauen besiegen.

Von wegen. Drei Tage, nachdem Imre Tyson aus dem Tierheim zu sich nach Hause geholt hatte, um etwas Gutes zu tun, drei Tage danach war die Welt eingestürzt und das Vertrauen des Hundes in die Menschheit wohl endgültig verloren. Ausgerechnet Goliath war der Grund, warum Tyson Imre nicht zerbiss wie das Reh, das sich in die Überreste der Straße verirrt hatte, in der Imre mit den Hunden lebte. In einem selbstgebauten Verschlag, abgedeckt mit Abfall und Lumpen, mit Wellblechstücken und Styropor, mit altem Dämm-Material, das er von den aufgeplatzten Mauern riss.

Goliath, der winzige Hund seiner vor Jahren verstorbenen Frau, er hatte keinen guten Kern, den es freizulegen galt, sondern war immer ein Beißer gewesen, ein Kläffer, ein Knurrer, der nur sein Frauchen geliebt hatte und Imre erst nach deren Tod akzeptierte. Ungeachtet seiner Größe dominierte Goliath Tyson von Beginn an. Zwickte ihn in die Beine, bis der andere winselte. Eine frühe Prägung, hatten die Leute vom Tierheim gesagt und gelacht. Die beiden würden einander guttun, die Herrschsucht Goliaths sich abarbeiten an Tysons starrem Argwohn, dessen Wesen sich mildern im Zusammenleben mit einem so direkten und reaktionsschnellen Spielgefährten.

Imre stöberte in der Tonne nach Glutresten. Alte Reifen lagerten in einer Ecke des Hofes, der gut geschützt war, da beim geringsten Geräusch die Hunde anschlugen, tief und dumpf, hell und hysterisch. Imre band die Hinterläufe des toten Rehs zusammen, wuchtete es hoch, um es an den Haken der rostigen Kinderschaukel zu hängen. Nahm eine Schüssel, nahm ein Messer, vielleicht ließ sich tatsächlich das Blut auffangen, er hatte davon nur in Büchern gelesen. Wie ein Reh ausweiden, wie es häuten, wie überleben, wie ging das? Alles, was er wusste, war angelesen. Als Bibliothekar hatte er an der Quelle des Theoretischen gesessen, das Praktische kam jetzt als Übung dazu.

Eine Prüfung, dachte Imre und schnitt Streifen aus den alten Reifen, um sie zu verbrennen. Die Theorie bestanden, die Praxis wird sich zeigen. Er sah zu den Hunden. Tyson hatte sich beruhigt, und als Imre ihn ansprach, etwas sagte wie „Guter Hund, so ist's recht", schlug er mit der Rute in den Schnee. Ein Fortschritt. Seufzend rollte sich Tyson zur Seite. Goliath lehnte sich an seinen Bauch, verschwand fast im dichten Fell. Beide ließen Imre nicht aus den Augen, beobachteten jeden Handgriff und warteten auf ihren Anteil.

Wien? Eine Bühne, immer noch. „Dank, tausend Dank!“ Sugar verbeugte sich mit großer Geste, legte die weiße Hand dorthin, wo ihr Herz schlug unter der Robe, schillernd war sie, dicht besetzt mit Pailletten und Swarovski-Kristall.

Sugar verharrte in der Verbeugung, Demut vor wem, vor dem Publikum? Nein, vor der Sprache Sylvia Plaths. Literarische Soiree mit Gedichten und Monologen aus dem Werk der sehr verehrten Schriftstellerin. Ein Gefäß sei sie nur, so Sugar am Beginn der Vorstellung. „Erlauben Sie mir ein paar persönliche Worte“, hatte sie gesagt, die Augen kurz beschattet, das Zeichen, den Scheinwerfer ein wenig zu drehen. Sie hatte gewartet, bis die Geräusche verstummten, bis die Aufmerksamkeit einzig ihr galt. „Sylvia Plath“, sagte sie dann mit ihrer dunkel-rauen Stimme und ließ den Blick schweifen, zählte langsam bis zehn, trug danach jene persönlichen Worte vor, warum es ihr wichtig wäre, dieser Schriftstellerin ein Denkmal zu setzen. „Nein“, widersprach sie sich, ein Denkmal würde jener großartigen Frau nicht gerecht werden, ein starres Ding aus Beton oder Marmor ihr keineswegs entsprechen, denn fließend sei ihre Sprache und sie, Sugar, nur das Werkzeug, durch das sie fließe, ein Mund, um den Sätzen Flügel zu verleihen. „Ein Pfeil“, sagte sie, „and I am the arrow.“ Zitierte damit aus Ariel, griff dem Schluss des Abends vor. „Ich lade Sie ein, mir in die Welt Sylvia Plaths zu folgen“, erklärte Sugar, bat, jeglichen Applaus für den Schluss aufzusparen, nickte somit den Ansatz eines Klatschens fort und trat ins volle Licht.

Die Soiree wurde, was Sugar ihrem Johann vorausgesagt hatte, ein voller Erfolg. Sie hätten nicht streiten müssen über den Ablauf, die Einführung, die Auswahl der Textstellen, sogar das Kleid aus dem Theaterfundus hatte Johann bemängelt, zu bunt wäre es, und die Bühne zu schlicht. Ein Barhocker, eine Chaiselongue, eine schäbig weiß getünchte Wand voller Risse, ein Fenster mit zersprungenen Scheiben darin, sogar die Decke war anders, darüber wunderte sich Sugar am meisten, kein Schnürboden mit Seilen und verborgenen Kulissen über ihr schwebend, sondern ausgefranste Löcher, Drähte, Himmel. Und: Weder Regisseur noch Dramaturg, folglich keine Aufgabe für Johann. Auf das alles könne sie verzichten mit ihren dreiundvierzig Jahren Bühnenerfahrung. „Zählt das nichts, Johann, zählt das gar nichts?" Doch er war an diesem Punkt der Auseinandersetzung schon zu verstockt gewesen, um Zugeständnisse zu machen. Zumindest solle sie die kitschige Einführung überarbeiten. Sugar bereute, sie ihm gegeben zu haben, eine alte Marotte, alles von ihr Geschriebene dem Partner zu zeigen, seinen Sanktus einzuholen.

Zwei alternde Künstler, aber nur einer – sie – erfolgreich, der andere – er – verbarg den Neid und die Eifersucht hinter Sticheleien und Besserwisserei. „Begreif doch, du bist, wenn, der Bogen, nicht der Pfeil", hatte Johann versucht, seinen Einfluss ein wenig geltend zu machen. „The bow", hatte er gerufen, „the bow!" Und Sugar nur den Kopf geschüttelt, unwillig, und sich weggedreht. Kleinigkeiten. Ärgernisse.

Hier, im gleißenden Licht, im strömenden Applaus, der sehr nach Regen klang, keine Rufe, keine Pfiffe, aber Standing Ovations nach dem achten Vorhang. Sugar erhob sich aus ihrer Verbeugung, trat einen Schritt aufs Publikum zu und noch einen, wunderte sich, war ihr nicht aufgefallen, dass Bühne und Parkett fast auf einer gemeinsamen Ebene lagen, dass die Menge zurückwich, je näher sie kam, durchsichtiger wurde und sich auflöste. Was von Vorteil war, denn Johann würde im Hintergrund stehen und auf sie warten, ihr gratulieren, sie um Verzeihung bitten, wie immer. Sugar sah sich um nach ihm, hob die Hand, bemerkte den fadenscheinigen Stoff, würde mit der Kostümbildnerin sprechen müssen, ernsthaft, sie habe Einfluss, ein Wort von ihr und sie könne sich einen neuen Job suchen, aber, „im Guten, meine Beste“, so wollte sie mit ihr reden, „achten Sie mehr auf die Details, Theater verlangt Perfektion, nehmen Sie sich ein Beispiel am Bühnenbildner, genial, diese Szenerie der verwüsteten, zerbrochenen, der verlassenen Stadt.“

Wien? Material. Ein Lager voll bestem Baumaterial sei das doch, sagte Herbert. Er wies auf die zertrümmerten Rohbauten des riesigen, halb fertiggestellten Büro- und Campus-Komplexes. Unweit der Donau, wo der neue Wirtschafts-Hotspot entstehen hätte sollen, mit Headquarters heimischer und internationaler Top-Unternehmen, Konferenz- und Ärztezentren. Kaum ein Eck war heil geblieben. Auf übergroßen Plakaten, die nun zerrissen im Staub lagen, stöckelten Damen im Kostüm und standen Anzugherren in geschäftigen Gruppen. Die beteiligten Architekturbüros, die ausführenden Bauunternehmen waren dort ebenso aufgelistet wie die zuständige Immobilienverwaltung. Mit Logos und Onlinepräsenzen, die nun niemand mehr aufrufen würde. Um Interesse zu bekunden an diesem dynamischen Standort, um die Mietkosten zu erfragen, eine An- und Übersiedlung des eigenen Betriebes hierher zu erwägen. U-Bahn-Anschluss, S-Bahn. Fußläufig ins Grüne. Mittagspause im Prater. Die perfekte Infrastruktur.

„Sehr viel Baumaterial", wiederholte Herbert, der auf einem Bündel rostiger Eisenstäbe saß. Hans nickte, zog den Zollstock aus der Tasche und begann, Betonblöcke abzumessen. „Zehn", sagte er, „sieben, neunundzwanzig, drei." Herbert trat nach ihm, ohne aufzustehen, traf ihn so, dass der jüngere Bruder stürzte. „Heul nicht", schrie er ihn an, und Hans hörte zwar auf – er klang wie ein junger Wolf, wenn er weinte, manchmal setzten die Hunde ein und heulten mit, besonders nachts. Aber wimmern wollte er noch, sich wiegen, mit um die Knie geschlungenen Armen, der Schaukelrhytmus der Beruhigung. Helge wusste sofort, dass das wieder dauern würde, bis sich der beruhigt. „Trottel“, sagte er zu Herbert, beugte sich zu Hans und nahm ihm den Zollstock aus der Hand. Musste fest ziehen, Hans wollte den Stock nicht loslassen, war sein Schatz, hatte immer schon alles gemessen, und?

Im Kindergarten und in der Volksschule war man damit zufrieden gewesen. „Hans, misst du das bitte für uns?“, hatte es oft geheißen, dann war sofort ein Ende mit Geheule und Geplärr und Hans still. Wählte aus seiner Sammlung von Zollstöcken den passenden für die jeweilige Aufgabe. Sehr sorgfältig. Das musste gut überlegt sein. Vor dem Kind, oder später dem Jugendlichen, lagen fünf, neunzehn, sieben Zollstöcke, nach und nach aus dem Rucksack gezogen. Am Morgen gepackt, was wichtiger gewesen war als das Frühstück, nur mit seiner Sammlung war Hans komplett und bereit für den Tag.

Den Rucksack gab es noch immer, das Bild von Bob, dem Baumeister, war allerdings verblasst, und zudem durfte Hans ihn nicht mehr selbst tragen, sondern Hartmut hatte ihn an sich genommen. Der älteste Bruder. Nach ihm kam Herbert, nach diesem Helge, dann Hans.

Hartmut wusste, was richtig war. Zum Beispiel in einen Supermarkt einzusteigen und Lebensmittel zu stehlen. Bevor die richtigen Plünderungen begonnen hatten, die anderen Brüder noch im Schock, die Nacht des Unglücks war zu entsetzlich gewesen, die Eltern alt, gebrechlich und verschollen. Hartmut hatte die Brüder angeschrien und geschüttelt, einen nach dem anderen. „Raus hier!“, hatte er gebrüllt, und dass jeder sich Taschen, Koffer, Körbe und Säcke greifen solle, aber flott, und schnell, hatte er gebrüllt, sollen sie machen, noch schneller.

In den Supermarkt hatte sie der älteste Bruder geführt, noch stürzte rundum alles ein, fielen nicht einzelne Schindeln, sondern ganze Dächer vom Himmel. Fegte etwas durch die Stadt und nahm sie mit. Auch der Supermarkt war nicht mehr heil gewesen, das Hineinsteigen kein Problem, aber Nacht und ohne Strom, also suchten sie im Dunkeln zuerst Taschenlampen, suchten Batterien, immer musste einer auch Hans suchen, der sich in der Verwirrtheit ständig hinsetzte, den Rucksack fest an die Brust gedrückt. Er war unsicher, man hatte ihm keine Zeit gelassen, die Zollstöcke zuerst herauszunehmen, sie in der richtigen Ordnung aufzulegen, sie mehrere Male zu berühren und abzuzählen. Siebzig, dreiunddreißig, acht, sechzehn, zwei… Dann Stück für Stück einzupacken. Beim geringsten Zweifel an der Vollzähligkeit sie erneut aus dem Rucksack zu nehmen, zu sortieren, sie lange und genau zu betrachten.

Man hatte ihm nicht die übliche Zeit gelassen, sie war sonst bei allen Aktivitäten im Voraus eingeplant gewesen. War man, selten genug, ins Restaurant gegangen, sagte man: „Hans, wir gehen gleich. Machst du dich bitte bereit?“ Und bestellte Kaffee und Kuchen, während er die Zollstockerei begann. Die Familie war gut darin geworden, ihn ab- und einzuschätzen. Darauf zu wetten, wie lange er diesmal brauchte. Am besten war Helge darin, nur zehn Minuten älter als Hans, und regulär geboren, ohne Komplikationen, die Nabelschnur nicht um den Hals gelegt. Auch das Herz des Jüngsten war anfänglich ein Problem gewesen, eine Baustelle im Körper, aber fertig gebaut. Die letzte Operation mit dreizehn, die Narbe am Oberkörper dreiundzwanzig Zentimeter lang. Die einzige Zahl, die Hans richtig zuordnete. Ein dünnes, blasses Band von oben nach unten.

Helge hatte Hans den Zollstock genommen, aber nur, um ihm einen anderen zu geben. „Schau, was ich hier habe“, sagte er, und der sich Wiegende schaute, nahm und lächelte. Zur Feier der Volljährigkeit, die Hans nur dem Alter nach erreicht hatte, die Familie erlaubte sich hier keine Illusionen, hatte man dem Sorgenkind einen Holz-Gliedermaßstab anfertigen lassen, der in zusammengeklapptem Zustand den seitlich per Lasergravur angebrachten Vor-, Mittel und Zunamen zeigte. Vom Zunamen aus Platzgründen allerdings nur den ersten Buchstaben. „Hans Heinrich H." Das Etui dafür hatte die Mutter aus buntem Filz genäht, mit einem großen roten Druckknopf als Verschluss.

Auch dieses Etui war seinem Zweck entfremdet. Hartmut bewahrte darin eine Auswahl der stärksten Medikamente auf, die sie in der Apotheke gefunden hatten. Alle Taschen, Koffer und Säcke, die sie schleppen konnten, waren zuvor im Supermarkt mit Lebensmitteln und anderen Waren vollgestopft worden, nüchtern hatte Hartmut sie durch die Regalreihen geführt, mit dem Licht der Taschenlampe hierhin und dorthin gewiesen. Das ja, das ja, davon mehr, das nein, und sicher nicht und doch, ok, ein wenig. Unnützes nähme nur Platz weg, und zum Verhandeln bliebe keine Zeit. „Also macht." Danach zur Apotheke, die man gut kannte, weil dort seit jeher die Medikamente für Hans geholt worden waren. Helge wusste sie auswendig, schlug ein Fenster ein, um in den Lagerraum zu gelangen. Herbert, damit beauftragt, einen Sack zu organisieren, nahm Hans den Rucksack weg, schüttelte die Zollstöcke auf den Boden. Hans heulte, aber im Geheul dieser Nacht, Sirenen, Sturm, die Alarmanlagen der Autos, hatte sich kein Grund gefunden, ihn zum Schweigen zu bringen. Im Lärm steckte sich Hans in Hosen- und Jackentaschen, was er an Zollstöcken greifen konnte. Helge schob ihm und sich zusätzlich einige unter das T-Shirt, bevor der älteste Bruder zum Aufbruch drängte.

Bob, der Baumeister, war nun auf Herberts Rücken zu Hause, und Hans somit immer hinter Herbert, wenn die Brüder umzogen. Was sie in der ersten Zeit nach dem Zusammenbruch der Stadt sehr oft taten, manchmal mehrmals innerhalb eines Tages. Ein Ort war nicht sicher genug, der andere bot kein Wasser. Die drei älteren Brüder waren Handwerker gewesen und voll im Beruf gestanden. Hartmut Installateur, Herbert Maurer, Helge Elektriker. Man fand sich halbwegs zurecht, hatte sich sogar zwei Hunde zugelegt, hauptsächlich zum Schutz in der Nacht.

Ein riesiger Kangal und ein bulliger Dobermann, noch jung, aus einem großen Lieferwagen befreit, verängstigt, verstört und halb verdurstet. Hans fürchtete die Hunde und hielt sich von ihnen fern, zumindest am Anfang, aber nun, da sich die Brüder niederlassen wollten, hatte er sich an sie gewöhnt. Als er ihnen Namen geben durfte, folgte er der Familientradition und wählte Namen mit H. Hektor und Hannibal Hund, taufte er die beiden und tröpfelte ihnen Wasser aufs Haupt.

Der Container lag gut verborgen im gewesenen Zukunftsstandort, und die auf dem Plakat versprochene Infrastruktur war tatsächlich ausgezeichnet, befand Hartmut. Es gab Wasser, es gab sogar Dixie-Klos, man musste nur eine Senkgrube anlegen. Mit etwas Glück könnten sie Strom erzeugen, Helge wusste von mit Solarstrom betriebenen Radaranlagen in der Nähe.

„Genug Material für ein Schloss", sagte Herbert. Und: „Wir bauen uns was Festes." Hans drehte sich von ihm weg und maß heimlich die Umgebung. „Dreizehn, neun, zwölf, null", flüsterte er. Hannibal und Hektor schnupperten an dem Zollstock. Sie waren Weibchen, aber das war den Brüdern egal.

Wien? Eine Unwirklichkeit. Und niemand, mit dem man darüber sprechen konnte. Ob war, was war, oder ob nicht eher ein solipsistisches Prinzip vorlag. Falls ja, hätte sich Gerrit nur zurückziehen müssen, am besten in sich selbst mit geschlossenen Augen, um die Außenwelt und somit die Zerstörung auszulöschen.

Gerrit saß starr in einer Gabelung des alten Feldahorns, der ihm früher ein Ärgernis gewesen war, weil er seine im Mezzanin gelegene und ohnehin sehr dunkle Ein-Zimmer-Wohnung zusätzlich beschattet hatte. Dichtes Blätterwerk, fast zum Greifen nah. Grünes Licht nur am Vormittag, ein seltsamer, indirekter Effekt durch die Spiegelung der Morgensonne in fremden Fenstern. Besonders im Mai war das so gewesen, bis sich der Erdwinkel wieder verschob Richtung Sommer, Richtung Herbst, Richtung Winter, hin zu den nackten, braunen Ästen, die in Gerrits Zimmer zeigten.

Früher hatte er den Baum mit glosenden Zigaretten beworfen. Er hatte ihm mehrere Flaschen Abflussreiniger zwischen die Wurzeln gegossen, im Beisein zweier Freunde. Alle drei besoffene Philosophie- und Kunststudenten auf einem Feldzug gegen den Baum des Grauens, wie sie ihn nannten. „Horror vacui" schrieben sie auf ein Schild und nagelten es an den Stamm. Die Scheu vor der Leere, verachtenswert. Wer brauchte den Baum? Eine freie Fläche, vielleicht ein paar niedrige Büsche, aber: eine freie Fläche, ein Platz wie im Zentrum Livornos zum Beispiel, ein gepflastertes Nichts als Ideal. Hier, mitten im fünften Bezirk, dessen Miniaturausgabe. Eine Petition wollten sie einreichen, ein Kunstprojekt daraus machen, eine Förderung beantragen für die sicher aufsehenerregende Aktion, weil gegenläufig zum Trend des Guerilla Gardenings mit seinen Seed Bombs und der an Wände geschmierten Moosmilch.

„Die Stadt gehört dem Beton“, murmelte Gerrit, „das Land gehört den Bäumen.“ Die Augen schließen, dachte er, nichts existiert, wenn ich es nicht sehe. Das Licht blendete ihn ohnehin. Kein Haus in der Umgebung hatte dem Unglück standgehalten. Ein weites, helles Trümmerfeld, von Gräsern und Blumen durchbrochen.

IVELINA

Wien? Unzugänglich geworden. Mit einem Schlag, mit einer ganzen Serie, einem Trommelwirbel von Schlägen. War es ein Gewitter, ein Hagelsturm, war es etwas anderes? Ivelina hatte ihren alten Ford unter einer Autobahnbrücke in Sicherheit gebracht. Sie stellte Scheibenwischer und Radio ab, mitten im Drum-Solo von In A Gadda Da Vida. Das Gelb der Warnblinkanlage zuckte über den Boden und seitlich die Böschung hinauf. Vor und hinter der Brücke war etwas, das aussah wie eine Wand aus Wasser oder Eis, es war in der Dunkelheit nicht genau zu erkennen. Hagel, beschloss Ivelina, und lehnte sich zurück. Abwarten.

Ein- bis zwei Mal im Monat fuhr sie von St. Pölten nach Wien, um Tochter und Schwiegersohn zu besuchen. Nie brach sie vor Mitternacht auf. An diesem Tag war es nicht anders gewesen. Gegen achtzehn Uhr war Ivelina von der Arbeit im Krankenhaus heimgekommen, hatte zu Abend gegessen und den Haushalt besorgt. Dann etwas ferngesehen, war über dem Programm eingeschlafen und folglich ausgeruht.

In Wien würde das Sofa im Wohnzimmer in ein Bett verwandelt worden sein und auf dem Tisch ein Glas Wasser stehen, von Donka bereitgestellt, ihre Mutter vermisste das Wiener Hochquellwasser. Auf dem Kopfpolster ein Stück Schokolade und ein Post-It mit Donkas kindlicher Handschrift: „Zähneputzen nicht vergessen." Eine Neckerei, über deren Zärtlichkeit Ivelina lächelte. Sie fuhr stets bettfertig nach Wien, abgeschminkt, geduscht und mit geputzten Zähnen, um bei ihrer nächtlichen Ankunft keinen Lärm zu verursachen. Unter einer dicken Wollweste trug sie das Pyjamaoberteil zu einer Jogginghose, ohne BH. Manchmal glänzte noch die Nachtcreme auf ihren Wangen, während der Ford gemächlich durch die Dunkelheit schnitt, die Autoheizung auf Hochtouren, aber die Fenster einen Spalt geöffnet, denn Ivelina fand: Nichts riecht besser als Autobahn bei Nacht.

Kam Ivelina, musste Boris für sein Auto einen Parkplatz in der Umgebung suchen, damit die Schwiegermutter im Innenhof der Anlage parken konnte. Wo zu jeder Wohnung ein Carport gehörte und ein Bewegungsmelder für Licht sorgte. Wo nichts passieren würde. Meistens kam Ivelina gegen ein Uhr an. Sperrte leise das Auto ab, öffnete so geräuschlos wie möglich Haustor und Wohnungstür. Schlüpfte aus den Schuhen, tastete sich im Halbdunkel zum Wohnzimmer, zog das Nachtlicht aus der Steckdose neben dem Sofa. Es sollte ihr den Weg leuchten, als ob sie ihn nicht blind fände. Sie wechselte im Dunkeln die Jogginghose mit dem Pyjamaunterteil, trank ein halbes Glas Wasser. Saß eine Weile still. Hinter der Schlafzimmertür hörte sie Boris' tiefes Atmen und Schnaufen. Wusste die Tochter noch halbwach, erst jetzt, mit den Geräuschen der ankommenden Mutter, würde sich Donka umdrehen und schlafen, auf der rechten Seite, ein Bein angewinkelt. Daran dachte Ivelina, unter der Brücke eingeschlossen.

Obwohl es halb eins war und es hier keine Straßenbeleuchtung gab, kam ihr die Dunkelheit nicht dunkel genug vor. Etwas war seltsam. Ivelina runzelte die Stirn. Das polternde Trommeln klang in einem sich verdichtenden und auseinanderlaufenden Rhythmus. Wie soll ich dir das beschreiben, dachte Ivelina, in Gedanken bei Donka, sie begann zu formulieren, was sie ihr später erzählen würde. Zu diesem Zeitpunkt hatte sie an dieses Später noch mit absoluter Gewissheit geglaubt, war sich sicher: Vor dem Morgen oder spätestens im Morgengrauen würde sie mit Tochter und Schwiegersohn in deren Küche sitzen, Kaffee trinkend, von den Seltsamkeiten der Fahrt berichten, sie müsste sie nicht aufwecken dafür, denn sie würden sie erwarten. Ihre Abwesenheit bliebe nicht unbemerkt.

Einen Augenblick überlegte Ivelina, ob sie Donka anrufen sollte. Oder ihr zumindest eine Nachricht schicken. Sie ließ es bleiben, wahrscheinlich würde, was immer das war, bald aufhören, und außerdem – sie sah auf die Anzeige ihres Handys: Es gab hier ohnehin keinen Empfang.

Schließlich war es ein wenig stiller geworden, der Lärm weicher. Ivelina drehte die Scheinwerfer auf, die Lichtkegel zeichneten sich an der Wand ab, die der Niederschlag vor Ivelina senkrecht baute. War es immer noch Hagel, war es Regen? Angst hatte sie keine, hätte sie welche haben sollen? Ivelina drehte die Scheinwerfer wieder ab, besser Batterie sparen, wer weiß, dachte sie.

Hätte ich Angst haben sollen, Donka, mein Mädchen? Stell dir vor, würde sie sagen, ich hatte eine Dreiviertelstunde gewartet, dann bin ich einfach ausgestiegen, weil ich wissen wollte, was da passiert, und plötzlich hat sich der Boden bewegt, ein Ruck war das und ich bin gestürzt, auf die rechte Hand gefallen, so dumm, dass ich sie mir wahrscheinlich gebrochen habe. Bin gleich wieder ins Auto, hab' die Innenbeleuchtung eingeschaltet, war ein Schock, weil, siehst ja, die Hand, da war sie noch nicht so geschwollen, aber schon blau. Und ich hab' mir in dem Moment nur gedacht, hoffentlich kann ich damit noch fahren, und dass du Gottseidank geschimpft hast mit mir letztens, von wegen, ich soll mir endlich eine ordentliche Autoapotheke besorgen. Und ich hab' das auch gleich gemacht, damals.

Nachdem Ivelina vor einem halben Jahr die Stelle im St. Pöltener Krankenhaus angenommen hatte, überließ sie

Donka und Boris ihre Eigentumswohnung im 14. Bezirk. Hier, in Penzing, war Donka aufgewachsen, das einzige Kind einer alleinerziehenden, überaus jungen Mutter. Kosenamen und große Nähe zwischen den beiden. Boris hatte es anfangs nicht leicht. Vielleicht musste es deswegen gleich die Verlobung sein, die Braut erst neunzehn, der Bräutigam zweiundzwanzig. „Aber mich heiratest du mit", hatte ihm Ivelina damals gesagt und den beiden ihren Segen gegeben. Dass Ivalina die Wohnung auf Donka und Boris überschrieb, war ihr Hochzeitsgeschenk gewesen. Für sich selbst hatte sie eine günstige Mietwohnung gefunden, nicht weit vom Krankenhaus entfernt. Folglich auch nicht vom Bahnhof, einmal quer durch das Stadtzentrum, die Bahnverbindung St. Pölten – Wien war ausgezeichnet.

Dennoch fuhr Ivelina lieber mit dem Auto, und nachts, weil dann kaum Verkehr und sie ausgeruht war. Außerdem: keine Menschen. Nach einem Tag auf der Station, mit schwierigen Patienten und schwierigeren Angehörigen, ertrug sie niemanden um sich. Die Arbeit mache sie zum Misanthropen, behauptete Ivelina, sie würde beginnen, die Menschen zu hassen, und brauche daher Abstand. Menschenhass und ihr Beruf vertrügen sich nicht.

Anfangs bestand Donka darauf, dass die Mutter einmal pro Woche bei ihnen übernachtete, bald einigten sie sich auf mindestens einen Besuch pro Monat. Öfter kam die Tochter spontan zur Mutter, nahm einen der vielen Züge, und schlief bei ihr im großen Bett.

Ivelina wartete, bis das Zittern aufhörte, das sie beim Anblick der lädierten Hand heftig überfiel. Etwas unternehmen, ein Schluck Wasser wäre gut, dachte sie, oder Cola, irgendetwas, aber sie hatte nichts. Atme, atme. Langsam wurde sie wieder ruhig. Stellte sich vor, eine Patientin zu sein, mit der sie nicht mehr zu tun hatte, als sie zu versorgen. Sie zog sich die Tasche vom Beifahrersitz auf den Schoß. Öffnete mühsam den Zippverschluss. Alles war schwierig. Den Inhalt auf den Beifahrersitz zu schütten. Hinübergebeugt zu suchen, bis zwei Dinge gefunden waren: das Feuerzeug und die gelbe Notfallsalbe, Bachblüten, immer dabei. Ivelina begann zu reden, wie sie es mit Patienten tat, erklärte jeden Schritt zu deren Beruhigung: „So, jetzt kümmern wir uns um Sie. Einen Moment noch." Stieg aus, hielt dabei den rechten Arm von sich gestreckt, leuchtete mit dem Feuerzeug in die Tiefe des Kofferraums, um die Autoapotheke zu finden, nahm auch die alte Decke mit und den stählernen Radkreuzschlüssel, schloss den Kofferraum, das Geräusch hallte unter der Brücke. Ivelina setzte sich hinters Steuer, sprach weiter: „Da bin ich wieder, jetzt machen wir Ihnen einen hübschen Verband, dann sieht alles gleich besser aus." Mit Hilfe der Zähne öffnete sie die Notfallsalbe, strich vorsichtig eine dicke Schicht auf die Haut und sog Luft ein. „Schhh", flüsterte Ivelina, „schhh, nicht so schlimm, tut nicht weh, tut nicht weh." Weh tat es schon, ließ sich nicht wegreden, der Schmerz, aber verschönern. Einen weißen, sauberen Verband angelegt. Gelernt ist gelernt, dachte Ivelina, wenn ich etwas kann, dann Verbände anlegen, sogar mit links.

Als sie fertig war, blieb keine Kraft, um Ordnung zu schaffen. Aufgerissene Verbandspäckchen, die offene Salbe, alles lag im wilden Durcheinander. Die Innenbeleuchtung des Autos flackerte kurz, worauf Ivelina sie sofort ausschaltete, einmal musste das Auto noch gestartet werden können. Im Dunkeln saß sie, den Arm mit der verwundeten Hand im Dreieckstuch ruhiggestellt, notdürftig in die nach Staub und Öl riechende Decke gewickelt, alle Fenster geschlossen, denn es war kalt geworden. Gegen den mittlerweile starken Durst hatte sie nur ein Pfefferminzbonbon, also nichts. Zuvor die Schmerztablette aus dem Beifahrersitz-Vorrat trocken hinuntergewürgt. Saß so, sah nur schwarz mit kleinen Leuchteinsprengseln, den Radkreuzschlüssel griffbereit, falls sich das Unheimliche mit einem Trommelwirbel angekündigt und Gestalt angenommen hatte.

Ivelina fiel in einen unruhigen Schlaf, wachte im Morgengrauen auf, nicht bei Donka und Boris, sondern mit schmerzstarrer Hand und trockenem Mund. Der Hagel, der Regen, was auch immer, hatte aufgehört. Sie stieg aus, stand dann, zehn Meter vom Auto entfernt, unter einem gelblichen Himmel mit blauroten Lücken. Vor sich, im Aufgehen der Sonne, eine veränderte Welt, unwegsam und blockiert. „Don't you know that I love you, Baby", summte Ivelina, die Szene betrachtend, verunfallte Autos vor sich, darin war sicher kein Leben mehr.

Wien? Keiner Hilfe mehr bedürftig. Was Margot allerdings sah, während sie sich einen Weg durch die Trümmer suchte, war pure Hilflosigkeit, war die in Ungnade gefallene Welt. Ihrer Auffassung nach besaß alles und jedes eine Seele und dies in äußerst flacher Hierarchie. Das Leid eines vom Schicksal getroffenen Menschen konnte ihr ebenso ins Herz greifen wie ein ertrinkender Hirschkäfer. Darüber hinaus reichte ihr Mitgefühl. Es legte sich auf Gegenstände. Ausgetrocknete Kugelschreiberminen. Porzellantassen mit abgebrochenem Henkel. Alte und achtlos entsorgte Möbel.

Das war Margots Geheimnis gewesen, diese beseelte Gleichwertigkeit von Holz, Fleisch, Stein, Fell, Horn und Chitin. Sie, die als Kind die kurzen Stummel ihrer Farbstifte nicht weggeworfen, sondern in einem hübschen Kistchen aufbewahrt hatte, wanderte durch die geöffnete, weil aufgebrochene Stadt und litt an deren Überforderung: Ganze Häuserfronten gaben ihren Inhalt frei, vollständige Wohnzimmereinrichtungen fingerdick verstaubt, das Furnier aufgewellt. Margot sah Zierkissen im Dreck, Vitrinenschränke mit schiefen Türen. Sie sah, unerreichbar weit oben, einen großen Käfig halb verborgen hinter zerrissenen Gardinen, und die zwei rotblauen Flecken in diesem Käfig waren Papageien, die schrien vor Hunger und Panik und waren verschwunden, als Margot ein paar Tage später wieder Nachschau hielt. Vermutlich lagen sie tot am Käfigboden. Hoffentlich tot, dachte Margot, nicht schwach und atmend und leidend.

Was sie tun konnte? Wenig. Und überaus viel: Zwanghaft richtete sie auf, was lag. Immer im Kreis rund um ihre Unterkunft wandernd, diesen Kreis sehr langsam ausdehnend. Umgefallene Einkaufswagen, Blumentöpfe und Fahrräder. Aufstellen und zur Seite schieben. Am besten in Nischen hinein, damit die Gegenstände Schutz vor der Witterung hätten. Margot räumte die Wege frei, die sie ging. Stapelte den Schutt. Ein zerbrochener und aus dem Muster gesprungener Pflasterstein wurde von ihr zusammengesetzt und in die Reihe seiner heil gebliebenen Brüder gelegt. Der Sprung sah aus wie ein Lächeln auf einem kleinen, grauen Gesicht. Mit einem Stock stützte Margot einen jungen, zur Seite geneigten Alleebaum, fand dies eine passende Verpartnerung, eine Familienzusammenführung zwischen Großvater Stock und Enkel Baum. „Helft einander“, flüsterte sie ihnen zu und ging weiter.

Margot schob Müllcontainer wieder an ihren Platz, füllte sie mit Müll, schaffte sich so Inseln der Zufriedenheit. Fand sie verletzte Tiere, pflegte sie diese, auch wenn keine Hoffnung bestand. Schiente einem Sperling, der sterbend kaum den Schnabel öffnen konnte, den Flügel, reinigte ihm die schwarzen Augen.

Richtete man den Blick von oben auf jene Gegend, in der Margot überlebt hatte. Ließe man eine Drohne über diese gewesene Häuserfront schweben, sähe man mitten im Chaos Flächen der Ordnung. Und wüsste nicht, was man sähe. Etwas im Bild irritierte. Man stelle sich das vor: Da hat man die völlige Zerstörung, und als wäre das nicht befremdlich genug, verstärkte sich diese durch die Kreise der aufgerichteten Dinge.

Wien? Kein sicherer Hafen. Aber auch dieser Anlegeplatz rund zwanzig Kilometer stromaufwärts war kaum als ein solcher zu bezeichnen. Der Kapitän nahm die frierenden Hände von der Reling und steckte sie tief in die Hosentaschen. Dafür bin ich nicht gerüstet, dachte er. Das schwere Schiff wiegte sich sacht im Nebel, der aus dem dicht bewaldeten Augebiet strich und über der Donau aufstieg. Nur vorsichtiges Licht, nur Kälte an diesem Morgen. Das grau-bleiche Ufer eine Skizze, mit leichter Hand entworfen vor der Entstehung von Farben. Ab und zu spannte eines der dicken Taue, mit denen die Männer das Schiff an Bäumen befestigt hatten, so gut sie es vermochten.

Ein Baum knarrte unter der Last und beugte sich zum Wasser. „Fall nicht", flüsterte ihm der Kapitän zu. Der Matrose, der mit an Bord geblieben war, sah ihn fragend an. Mit einer Kinnbewegung zeigte der Kapitän zum Baum. „Der hält", sagte der Matrose. Dann schwiegen sie wieder. Kontrollierten die Fender, die sie uferseitig angebracht hatten, der Schutz verstärkt durch Rettungsringe, Schlauchboote, Matratzen aus den Kajüten, Pölstern und Decken.

Ein Schnalzen, ein Knarren, das leise Schlagen der Wellen an den Schiffsrumpf. Sonst: Nichts. Keine Vögel, die mit dem Morgen singend ihr Revier behaupteten, so hatte es der Vater dem Kapitän einst erklärt: „Sie ziehen eine Grenze mit ihrem Gesang, hör hin!" In der hölzernen Zille auf dem kleinen Fluss seiner deutschen Heimat, acht oder neun Jahre alt, mit dem Vater um vier Uhr früh zum Fischen hinaus. „Dass du mir ja still bist, Junge!" Und still war er gewesen. Rundherum bewegte sich die Welt in der aufgehenden Sonne, flockte der Nebel – nicht in Schwaden durch die Bäume ziehend – sondern dicht über dem Wasser. Da sprang ein Fisch. Dort landete ein Vogel in der Nähe der Zille. Sobald es warm genug geworden war, summten die ersten Insekten und tanzten winzige Mücken, wie Goldstaub.

„Das müssen wir ausbessern."

Und dazwischen immer diese vertraute Abfolge von Tönen, wenn der Vater die Angel auswarf. Ein Surren, der Köder taucht ins Wasser, die Kurbel schnarrt...

„Schau. Da löst sich ein Knoten. Wir müssen..."

Der Kapitän strich sich kleine Eisstücke aus dem Bart. Einige Meter weiter hinten beugte sich der Matrose über die Reling. Es sah aus, als könnte er kippen. „Fall nicht", sagte der Kapitän, beeilte sich und legte dem Mann die Hand in den Rücken.

Wien? Gottlos. Von den Gläubigen der verschiedenen Konfessionen waren noch einige vorhanden, und alle dachten in der ersten Zeit, allein überlebt zu haben.

Sie waren einsam in den Trümmern gesessen und hatten gelauscht nach allen Seiten. Hinaus in die Ruinenlandschaft, die noch bröckelte und zerfiel. Ob sich etwas Menschliches bewegte. Hinauf in den Himmel, ob sich der entsprechende Gott zu aktuellen Geschehnissen äußern würde. Und schließlich hinein in die Seele, ob man an die Existenz einer solchen noch glauben konnte.

Manche brachen sofort. Vielleicht nicht mit der Seele, aber mit einem Gott. Besahen ihren Verlust, ihre Wunden, das ganze Ausmaß der Katastrophe, und fielen ab vom Glauben. Ohne weiteren Zweifel, unmittelbar. Dafür, dachten sie, kann es keine Rechtfertigung geben. Sie verzichteten, sofern vorhanden, auf die üblichen Insignien ihrer Religionszugehörigkeit. Wenn sie zögerten, dann aus sentimentalen Gründen. Das kleine goldene Kreuz war ein Taufgeschenk gewesen, man hatte es ein Leben lang getragen. Die Kippa aus altem Leder war vom Großvater an den Enkel weitergegeben worden anlässlich der Bar Mitzwa.

Andere haderten. Suchten die Frage, die Gott mit der Vernichtung beantwortet hatte. Wo war die Schuld? Bei mir? Warum habe ich überlebt, liegt darin ein Sinn? Ist das Überleben Segen oder Strafe? Diese Menschen bauten sich oft kleine Altäre, beteten weiter. Bedeckten sich die Haare mit Kopftüchern und Perücken oder verhüllten gleich die ganze Gestalt, sofern das ihrem Glauben entsprach. Beugten das Knie vor Leidensmännern am Holzkreuz. Zuvor hatten sie in zerstörten Kapellen Teil für Teil gesucht und zusammengesetzt. Gebunden, geschraubt, geklebt, je nach Geschick und dem Vorhandensein von Material. Wo war der Kopf der himmlischen Mutter Gottes geblieben? Der Gekrönten, nimm mich unter deinen Mantel, oh Maria voll der Gnade.

In einem Fall waren die Versatzstücke der Figur aus echtem Marmor gewesen, die Krone auf dem Kopf – der sich fand im Schutt, goldene Zacken hatten ihn verraten. Mit Eifer war versucht worden, die zerborstene Statue zu einem Ganzen zu fügen, als könnte man damit das Geschehene ungeschehen machen oder für die Erbsünde büßen, ein Wunder erhoffen. Später Vorüberkommende sahen die Bemühungen. Dicke Seile um den Rumpf, tatsächlich hatte das Konstrukt gehalten. Aber der schwere Kopf war letztlich wohl wieder heruntergefallen und die anzunehmende Todesursache für den am Fuß der Statue verwesenden Menschen. Von der Gnade erschlagen.

Das musste nicht so sein, das war natürlich die Ausnahme. Jene, deren Glaube sich durch das Unglück verfestigte, glaubten vor sich hin. Siebenarmige Leuchter, Räucherstäbchen, bronzene Buddhas, ruhend im seligen Nirwana. Ikonen, vom Staub befreit. Man erriet die Richtung Mekkas, man wusch sich, wie vorgeschrieben, beugte, stand auf, kniete, rutschte. Hielt die Handflächen offen zum Empfang, senkte den Kopf, schloss die Augen, murmelte in allen, allen Sprachen. Schwieg.

Und dann gab es die Zögernden. Eine Frau, sehr im Katholischen verhaftet, betete ihren Rosenkranz, verlor aber immer öfter den Faden, befürchtete, sich selbst zu verlieren. In der Nacht stand sie im Freien. Betrachtete stundenlang das ferne Glitzern, die Milchstraße mit ihren Galaxien. War das Gott? Ein göttliches Prinzip? Die Frau erinnerte sich an das Bild der Schutzmantelmadonna im

Schlafzimmer der früh verstorbenen Tante. Bei der sie als Kleinkind untergebracht war zwischen dem sechsten und neunten Lebensjahr. Geprägt von dieser, Kirchgang, Weihwasser, Erstkommunion und so fort. Dieses Bild der Madonna, unter deren ausgebreitetem Mantel die kleinen Menschlein Zuflucht fanden, die Innenseite des Mantelfutters blau und mit großen weißen Sternen verziert. Der Himmel sei das, hatte die Tante erklärt, und dass sich das Mädchen immer beschützt fühlen könne, sogar bei Nacht, weil die Madonna über sie wache, und die Sterne nur eine Verzierung ihres Umhangs wären. Wörtlich könne man das nehmen, wörtlich hatte sie es genommen. Fühlte aber nichts Erhabenes mehr, jetzt, in der Stunde des wahrscheinlich nahen Todes. Die Frau zählte mechanisch die Perlen des Rosenkranzes. Sie hatte im dunklen Bild der Stadt einzelne Feuerstellen entdeckt, weit entfernt, aber sichtlich von anderen Menschen stammend. Das ist der Trost, dachte sie, dorthin muss ich gehen.

Nicht weit von dieser Stelle erstach ein Mann einen anderen, berief sich dabei auf das alte Gesetz, Aug um Aug, Zahn um Zahn, denn er war bestohlen worden. Die Frau des Erstochenen weinte über diesem, wegen eines Apfels zu sterben, die Zeiten hatten sich wahrlich geändert.

Über allen glänzten die Sterne kalt. Auch über jenem Paar, das ein verlorenes Kind aufnahm, barmherzig war und ungläubig, das keine Zeit verschwendete mit diesem Spiel, dieser rein philosophischen Frage nach einer göttlichen Instanz.

KARL

Wien? Ein Bodensatz. Das, was am Grund von Mülltonnen haften blieb bei jeder Entleerung. Der heimliche Dreck, der sich früher oft nur bei den Gullys gefunden hatte, sonst weitgehend aus dem Stadtbild verbannt gewesen war durch die Heerschar von Müllmännern und Straßenkehrern. Deren Besengeräusch, das rhythmische Wischen über den Asphalt, vor allem in warmen Nächten den Bürgern als Einschlafhilfe diente. Man kümmert sich, hieß das, keine Sorge. Man hält den Schmutz fern von euch, und auch den Schlamm. Der nach Fäkalien aussah und in der Zusammensetzung sicher nicht frei davon war. Der allerdings nach dem Ende jeder Müllmännerei die ehemaligen Straßen und Plätze bedeckte, weil aus heillos verstopften Kanälen gestiegen.

Der Schlamm roch faulig und scharf, seine Konsistenz war ein warmes, schleimiges Weich, angenehm fühlte es sich an zwischen den Zehen und auf den Fußsohlen, auch, weil er warm war. An manchen Stellen versank Karl darin bis über die Knöchel, was das Gehen deutlich erschwerte, aber die Sonne trocknete schnell den Boden auf. Der letzte Niederschlag war so heftig gewesen, dass Karl seinen Unterschlupf aufgeben musste. Er hatte unter den Resten einer steinernen Brücke im Stadtpark gehaust, bis seine Decke, die Schuhe und das andere Zeug weggerissen worden waren, er wäre fast ertrunken. Karl, eingeklemmt, nur mehr den Kopf aus dem Wasser haltend mit einiger Anstrengung, überlegte, ob das nicht ein guter Abgang sein könnte. Einmal noch Luft holen, dann untertauchen. An Wange und Stirn spürte er das dichte, kleinstielige Moos, das im inneren Brückenbogen gewachsen war. Da war die Sehnsucht nach Trockenheit und Wärme doch größer als jene nach einem schnellen Ende.

Weswegen Karl sich im letzten Moment befreit hatte, unter der Brücke hinaus- und das flache Ufer hinaufgekrochen war, immer weiter, bis er zitternd den riesigen Ginkgo erreichte und sich zwischen dessen armdicken Wurzeln an den Stamm lehnte. Über sich das Rauschen der jungen Blätter. Wie ein Götze kam Karl der Baum vor, die Arme ins Unwetter gereckt, sich wiegend und murmelnd. Die Gesten und das Gemurmel waren nur Regen und Sturm, Karl wusste das. Aber wütend macht es ihn dennoch, alles nämlich, auch, dass dieser Baum, dass alle Bäume hier, ungeachtet der Katastrophe einfach wieder austrieben, frisches Grün ansetzten, als wäre nichts geschehen. Sträucher, prächtige wie hässliche, die Hecken, alles sproß, kein Gartenbauamt, um das Treiben zu stutzen, um das wild Wachsende in die gewünschte Form zu zwingen. Allerorts wucherte die Zierbepflanzung, über die zugewiesenen Grenzen hinaus, mischte sich mit Unkraut, das in die Höhe strebte, Königskerzen und Distelstöcke vermehrten sich. Dort, wo Rasen vorgesehen war, entstanden Wiesen, blühende Inseln im Dreck.

Karl saß unter dem Ginkgo, nass bis auf die Knochen, und er hatte nichts mehr als seine zerrissene Hose, ein Hemd, eine Anzugjacke, die Unterwäsche. Das war's. Was er am Leib trug. Sonst: Nichts. Er hatte seinen ganzen Besitz in drei Plastiksäcken aufbewahrt, die mit der Decke fortgerissen worden waren. Vielleicht nicht weit, überlegte Karl, vielleicht hingen sie irgendwo fest.

Vor wenigen Tagen erst hatte Karl die Richtung gewechselt. Er war anfänglich zu den Außenbezirken der Stadt unterwegs gewesen, kam allerdings nicht weiter. Er kehrte um, versuchte, durch die Verwüstung an das andere Ende zu gelangen, von Westen nach Süden. Dabei war er im Stadtpark gestrandet. Halbverhungert und müde. Bleiben und ruhen, dachte er. Grub Blumenzwiebel aus, um sie zu essen, um das Gesammelte zu sparen. Richtete sich mit seinen Sachen, von denen er einen großen Teil unterwegs gefunden hatte, unter der Brücke ein. Dort hausten seit jeher Menschen. Karl hatte davon in der Obdachlosenzeitung gelesen, die er sich manchmal von einem der Verkäufer aufdrängen ließ. Die Donauinsel wäre auch ein Ziel, dort könnte man vielleicht sogar Menschen finden, die wüssten, wie man mit Nichts überlebt.

Warum er nicht gleich weitergezogen war, nach ein paar Tagen Ruhe? Vielleicht, weil er an seine Frau dachte, mit der er früher gern in den Stadtpark gegangen war. Sie beobachteten Enten und Touristen, sprachen wenig, jeder in eigenen Gedanken versunken. Einmal, er wusste es noch wie gestern, legte ihm seine Frau die Hand auf den Arm. „Mein Lieber", hatte sie gesagt, „wir sollten diese Bank markieren. Es ist unsere, und aus." Und dabei hatte sie gelächelt, die Sonne war hervorgekommen genau in diesem Moment. Wie könnte man so ein Bild vergessen? Das Licht auf ihrem Gesicht. Ihr Blick, die Fältchen in den Augenwinkeln, eine sachte, eine liebe Herausforderung. Damals trug Karl ein Taschenmesser bei sich, er hätte es nehmen und ein Herz hineinritzen können in die Lehne, wie ein Teenager, eine Kumpelei zwischen sich und der Frau. „Pass auf", hätte er gesagt, „stell deine Tasche so, dass niemand etwas sieht." Er hätte sich, wie er jetzt, unter dem tropfenden, sich wiegenden Ginkgo wusste, verkehrt auf die Bank setzen können, beiläufig, nichts Verbotenes im Sinn, und im Schutz der Haltung und der Einigkeit zwischen ihm und seiner Frau ein Herz in das Holz schnitzen. Ihrer beiden Initialen darin. Er war handwerklich sehr geschickt. Aber nein. Menschen rundherum. Zu bequem für den Wechsel der Position. Zu lächerlich, zu kindisch war ihm das vorgekommen. Hatte die Idee abgetan als nicht durchführbar, nur ein kleiner, unbedeutender Impuls, eine Zärtlichkeit im Denken. Und auch die Seine bestand nicht darauf. Sie hatte ihn angesehen, die Augen dunkel, dann das Gesicht zurückgedreht in die Sonne, die sich zwischen den Wolken hielt.

Von seinem Platz unter dem Baum sah Karl hin zu jener Bank. Die nun immer frei war, nie besetzt. Er hatte sie gefunden und aufgerichtet. Gesäubert, war davor gestanden, mit einem Nagel in der Hand, als Messerersatz.

Der Ginkgo schüttelte sich noch einmal in einem letzten Windstoß. Dann riss der Himmel auf, und ein Tag im Mai begann, mit Licht und Wärme und Pflanzenwuchs, es gab sogar Insekten.

Wien? Eine Planänderung. Das Schicksal habe es anders gewollt, sagte Elfi, und ob er, Kurt, das nun einsähe. Langsam war es hell geworden, erst grau, dann blei und leer. „Was?“, fragte Kurt. Er hatte vier Finger verloren, jeweils das erste Glied, herabfallende Fassadenteile direkt auf die Hand, quer durch, ein glatter Schnitt. Die Hand schmerzte, aber die Wunden waren kauterisiert. Zumindest dazu wäre sein Faible für Zombiefilme gut gewesen, meinte Elfi: Um Ideen zu bekommen, wie man sich verhält, fällt einem der Himmel auf den Kopf.

„Wir sollten uns nicht trennen, das ist die Botschaft“, sagte sie und warf einen Seitenblick auf Kurts verstümmelte Rechte. Dachte: Wenn ich ihm zumindest einen frischen Verband anlegen dürfte. Aber hütete sich, ihm das anzubieten, es hieße nur wieder, er habe schon eine Mutter. Dabei war Kurt ein großes Kind. Science Fiction, Horror und Blut.

„Zu zweit sind wir doch viel stärker, findest nicht?“ Kurt schwieg. Was wollte sie hören? Unter ihnen rauchte die eingeebnete Stadt. Unter ihnen, weil sie, ans Auto gelehnt, auf dem Cobenzl-Parkplatz standen, ganz vorne, wo man als Liebespaar in der Nacht den besten Ausblick auf die Lichterketten der Straßen gehabt hatte, auf das winzige beleuchtete Riesenrad, auf das schwarze Band der Donau. Die jetzt, am Tag, auch nicht blau war. Oder nah. Oder vertraut.

Kurt griff nach dem Verbandskasten, den Elfi aus dem Kofferraum geholt und auf die Motorhaube gelegt hatte. Wo alles lag, was sie besaßen, abgesehen von einer Sporttasche, in die Kurt am Vorabend ein paar Kleidungsstücke gestopft und in den Fußraum zwischen Vorder- und Rücksitz geworfen hatte. Mehrere Flaschen Trinkwasser, eine Großpackung Streichhölzer, vier Packungen Studentenfutter, fünf Packungen Trockenfrüchte, eine Schachtel Müsliriegel, ein Schweizermesser, ein Klappmesser, eine Sturmlampe und Ersatzbatterien. Außerdem ein Schlafsack, frostsicher, und ein winziges Ein-Mann-Zelt.

Gestern hatte Kurt Elfi endgültig verlassen, nach einem heftigen Streit, von ihm bewusst angezettelt durch das Aufgreifen eines alten, streitsicheren Themas: Katastrophenvorsorge in der Wohnung, die, so Elfi, ihre war. Auch wenn Kurt die Hälfte der Miete beisteuerte, sei sie die Hauptmieterin, er bei ihr eingezogen, und das hätten sie tausendmal besprochen, sagte Elfi, er kenne ihre Meinung: Sie wolle das nicht. Notproviant, Bunsenbrenner, Kisten mit Wasser, wo Kurt das aufzubewahren gedenke? Abstellkammer gebe es keine, der Keller sei voll und zudem feucht. Das Auto hingegen habe Kurt in die Beziehung eingebracht, somit eindeutig seines, und es ihr daher völlig gleichgültig, womit er sich den Kofferraum anfülle.

Man hatte mit den Türen geknallt, natürlich war geweint und geschrien worden, aber letzten Endes war die Trennung vollzogen. Ein sauberer Schnitt, hatte Kurt gedacht. Er war ins Bauhaus gefahren, in den Supermarkt, um einzukaufen, was ihm in den Sinn kam. Je weiter weg von Elfi, je voller der Einkaufswagen, desto freier und leichter sollte ihm werden und wurde es nicht. Die rechte Freude blieb aus, also auch die Lust am Kaufen. Nicht, dass er um Elfi trauerte, die Beziehung war schon lange tot, aber um das Gegenüber. Woran sich reiben? Ich werde es lernen, das Alleinsein, dachte Kurt, zuerst brauche ich einen Platz zum Schlafen. Rief also Jens an, ob er zu ihm kommen könne. Jens gratulierte zur Freiheit, wollte feiern und lud den Freund ein, ein paar Tage auf seiner Couch zu übernachten.

Jens, dachte Kurt, an das Auto gelehnt, unter sich die kaputte Stadt, neben sich Elfi.

„Ich hoffe, du bringst ein paar Bier und meine Sachen gleich mit", so Jens gestern, die letzten Worte, die er an Kurt gerichtet hatte für alle Zeiten. Mit „Sachen" meinte er zwei alte DVDs und die gesammelten Werke von Phillip J. Dick, ausgeliehen vor Jahren.

Woraufhin Kurt zurückgefahren war, in der Hoffnung, Elfi hätte die Wohnung verlassen. Er hätte dann auch gleich die Mappe mit den Dokumenten mitnehmen können, den Schlüssel im Postfach deponieren, und basta, vorbei und erledigt.

Aber nein, es waren zwar die Fenster dunkel hinter den geschlossenen Vorhängen. Kurt war ausgestiegen, hatte den Wagen ums Eck geparkt. Hatte rauchend gewartet auf Zeichen und Wunder, bitte lass sie wirklich nicht da sein. Da fasste ihn Elfi an der Schulter, war plötzlich hinter ihm gestanden, weil nur um Zigaretten gegangen ihrerseits. „Du bist zurückgekommen", hatte sie gesagt. Ein Glasfassadenteil löste sich, trennte die Finger ab, schon saßen sie im Auto, Kurt mit umwickelter Hand, Elfi fuhr, manövrierte im flackernden, aussetzenden Straßenlaternenlicht zwischen Brüchen und Rissen in sehr rasanter Fahrt.

„Ich weiß nicht, wie du es geschafft hast, hier heraufzukommen", sagte Kurt. Aus dem Rauch der Stadt meldete sich fernes Hundegebell. Trümmerte es, polterte und hallte nach. War wieder still. So ging es die ganze Zeit. Wechsel, Stille, bleigrau. Die Sprünge im Asphalt bogen den Cobenzl-Parkplatz zum welligen Meer, unbefahrbar. Was war geschehen? Das große Unglück erst, als sie oben angekommen waren. Ein Instinkt habe sie angetrieben, so Elfi, etwas Übernatürliches. Sie waren aus dem Wagen gestiegen, unter sich ein breitflächiges Feuerwerk, die Hand blutete stark. Elfi öffnete auf Kurts Anweisung die Motorhaube, Kurt drückte die Hand wundseits auf das sehr heiße Metall, fiel in Ohnmacht.

Superheldin Elfi. Der Morgen war gekommen und die Nacht verschwunden, mit allem, was zuvor geschehen war. Keine Trennung, dafür Neuanfang, wenn auch mit völlig unzureichenden Mitteln.

Wien? Bot nichts mehr. Madame war enttäuscht. Sie gab dieser Enttäuschung Ausdruck. Mehr noch, angewidert war sie, das könne sie nicht essen, das rieche nach Kotze, wen denke er vor sich zu haben, sie wolle den Maître sprechen, sofort. Der Ober nickte, nahm den Teller (ein umgedrehter Topfdeckel) von ihrem Schoß, dieser war von durchscheinendem Stoff bedeckt, Chiffon, Seide. Was auch immer geschehe, man habe auf sich zu achten, auch darauf, was man zu sich nehme. Ob er das verstehe? Der Ober verstand. Trat vor die Tür (Wellblech, graffitibunt, in der Nacht schoben sie es vor die Öffnung), zählte bis zehn, trat wieder ein. Beugte sich, eine Hand im Rücken, zu der Alten. „Madame, Ihr Menü. Rehjunges mit Preiselbeeren, wie gewünscht."

Gewünscht hatte sich Madame etwas anderes, Profiteroles als Dessert, zur Vorspeise geräucherte Forelle mit Oberskren und als Hauptgang Tafelspitz, eine kleine Portion genüge, aber diese heiß, nicht wie gestern lauwarm, lauwarmes Essen könne sie nicht ausstehen. „Rehjunges, sehr schön", sagte Madame, kein Zögern verriet die Verwirrung. Sie ließ sich den Teller auf den Schoß stellen, den der Ober leichthändig mit einer Serviette bedeckt hatte (ein Tuch war es nur, eine zerrissene Stoffwindel, der Glücksfund der letzten Woche), nahm die Gabel und führte das Essen zum Mund. Kaute, legte dabei die Gabel zur Seite. Schluckte. „Köstlich", sagte sie. Aß weiter, was kein Rehjunges war, sondern ein von Kito gefangenes Nagetier, er hatte es ausgenommen, ihm den Pelz abgezogen, es zerstückelt und gebraten.

Ausnahmsweise gebraten. Man brät nur, will man sein Versteck verraten, es wäre nicht der Rauch des Feuers, sondern der Geruch, der auf sie aufmerksam machen würde, und Kito hatte Recht. Aber der Ober hatte ihn darum gebeten. Madame würde unruhig, bekäme mehr mit, als man ihrer Demenz zutraue, man müsse sie zufriedenstellen, sonst schreie sie wieder, das wäre wohl noch gefährlicher als Bratengeruch. Kito hatte geschwiegen, aber dann doch. Gewartet, bis Madame eingeschlafen war, sie fürchtete ihn, anfangs hatten sie noch versucht, Madame an ihn zu gewöhnen. Es ging nicht, sie vergaß schneller von Tag zu Tag.

Kito hatte aus dem Lager hinter der im Schlaf Stöhnenden geholt, was er brauchte, Tierfett, in Gläsern aufbewahrt. An Gewürzen, was sie gesammelt hatten: eine Muskatnuss, leicht angerieben, gehütet wie einen Schatz. Salz und etwas Pfeffer, getrocknete Kräuter, frische pflückte er auf dem Weg. Die Kamille wucherte an allen Ecken. Estragonkraut und junge Brennnesseln ebenfalls. Hagebutten und andere rote Beeren vermischte er mit Wasser, ließ sie köcheln über kleinen, verborgenen Feuerstellen.

Von Honig träumte Kito. Sah er Bienen, deren Bestand sich langsam erholte, verfolgte er sie über Stunden, um den Bienenstock zu finden. Dabei selbst nicht gefunden werden, dabei die Spuren von anderen deutend. Das Zerborstene war Kitos wilder Garten geworden, er sah Stellen, an denen sich unauffällig Kartoffeln ziehen ließen, fehlten nur die Knollen, um welche einzusetzen. Man müsse hinaus, weiter, nachsehen, was wucherte, brachliegende Felder seien wie ein Tresor, man müsse, beschwor er den Ober, hinaus, wolle man den nächsten Winter überleben. Nur um zu holen, was geht, dann wieder zurück, die frühere Stadt böte den besten Schutz.

Dachte Kito, der die Fallen überprüfte, an manchen Tagen verfing sich ein Marder, an anderen ein Vogel, der zu neugierig gewesen war und dann zu laut: Er drehte ihm schnell den Hals um, denn nicht nur Gerüche und Menschengeschrei waren verräterisch, sondern auch das panische Gezeter der Vögel.

DORA

Wien? Verborgen unter Schnee. Weit sah Dora, sie stand auf der obersten Plattform des alten Flakturms. Er war gebaut worden, um Katastrophen zu überstehen und hatte genau das auch getan. Im Inneren aber alles zerbrochen, die Einrichtung filigran und kaum für die Ewigkeit geeignet. Aquarien und Terrarien aufgesprungen, die Tiere in den Scherben verendet oder aus dem Gebäude gekrochen. Stahlbeton. Reptilien und Insekten, die das Unglück, das Ende jeder Fütterung und Pflege, die den äußerst trockenen Sommer und den sehr stürmischen Herbst überstanden hatten: Dora hielt sie für schlafend. Stellte sich Schlangen vor, versteckt in Mauerspalten, Kröten in Winterstarre tief im gefrorenen Schlamm, Spinnen eingewoben. Und alles unter dieser dicken Decke aus weichem Schnee.

Hier oben. Vier Tage hatte es heftig geschneit, zumindest Wasser war somit kein Problem. Schnee schmelzen. Doras größter Schatz: ein Kanonenofen, gefunden und zum Turm geschleppt wenige Wochen, nachdem die Stadt verloren gegangen war. Damals, in der beginnenden Sommerhitze, die Ameise im Vergleich zur sorglosen Grille. Eine Fabel Äsops bin ich, hatte Dora gedacht, ein lebendiges Fabelwesen, aber es gibt niemanden mehr, dem ich zu erzählen wäre. Dem ich etwas sein könnte.

Am Anfang der neuen Zeit waren noch vereinzelt Menschen aus den Trümmern gekrochen und geflohen wie die Tiere aus dem Flakturm, dem Wasserturm, dem Haus des Meeres. Dessen gläserner Anbau war abgestürzt, eine große Wunde im Gebäude. Dora hatte die Türen zu diesem Bereich verbarrikadiert, sie hielt den Haupteingang streng verschlossen, keiner sollte sich an die Nutzbarkeit des Turmes erinnern.

Hier oben. In der Stille der Nacht. In der Stille des Schneetages, in der Stille der stillgelegten Stadt. Gedämpft, eine weiße Wüste, man müsste die Spuren sehen und man sah sie. Dora, ausgebildete Zoologin mit guten Augen, unterschied: Spuren von Vögeln, derer gab es viele. Spuren von kleineren Tieren, die zu leicht waren, um einzusinken. Mäuse und Marder, wahrscheinlich Ratten. Tiefer die Fährten von Füchsen, Hunden und Katzen. Dora hob den Blick, hob die Hand über die Augen, um die Reflexion zu mindern, dort, weit hinter der Donau, oder, auf der anderen Seite, wo der Wienerwald in die Vororte griff, dort würde sie die Pfade finden können, die das Rotwild zieht, Richtung Lainz sicherlich jene der Schwarzwild-Rotten. Einen Frischling fangen und braten, dachte Dora, aber, der Weg zu weit und ihre Spur zu verräterisch.

Allein der Gedanke an andere Menschen. Sie duckte sich. Wie lange war sie aufrecht gestanden? Ein schwarzer Strich im Weiß, eine Bewegung, sie, die Beobachtende, ausgespäht von Fremden? Zu warten hatte sie, nur in der Dämmerung kam sie sonst herauf, um zu sehen, was sich in der Falle verfangen hatte. Manchmal waren es Tauben. Die sie aß oder in einem Verschlag züchtete, wobei die Zucht nicht ihr Spezialgebiet gewesen war. Zudem musste sie das Futter rationieren, es gab noch etwas Holz, das sie verbrennen konnte, und auch das nur in der Nacht. Aus Sicherheitsgründen. Denn da waren die anderen, Dora hatte sie gesehen, vereinzelt, sehr selten, der Mensch als aussterbende, herumirrende Spezies. Manche hatten gerufen, verzweifelt oder auf diese monotone Art der fast Verstummten. Ab und zu ein Schrei. Ab und zu ein Name. Zwei oder drei Mal hatte jemand an der Tür gerüttelt. Dahinter Dora, mit einer Schaufel bewaffnet. Die Tür hatte gehalten, die Schritte entfernten sich wieder.

Leise fiel Schnee. In dicken Flocken, ganz ruhig. Immer dichter fiel er. Dora, hinter einem Mauersims kauernd, legte den Kopf in den Nacken, streckte die Zunge heraus, schloss die Augen. Dachte: Eine Zeitlang wird's noch gehen.

Wien? Betrauert. Eine Nische wie ein Altar, dachte Hildegard. Wilder Wein, rot und gelb verfärbt, rankte sich an den Seiten. Vom nahen Friedhof stammten Töpfe mit Heidekraut und Herbstchrysanthemen, auch Laternen hatte sie von dort mitgenommen, dreizehn Stück. Weil zwölf eine heilige Zahl war und eine Laterne für sich selbst völlig angebracht, wie die Überlebende befand.

„Hildegard von", so hatte man sie in der Schulzeit genannt, denn die heilige Hildegard von Bingen war nicht nur die Namenspatronin gewesen, sondern ihr deklariertes Vorbild. Unter die Aufsatzüberschrift „Wie man leben soll", hatte die Schülerin nur diese Worte geschrieben: „Zu Gott gewandt." War so zu einem gewissen Ruf gekommen, der an ihr haften blieb. Den sie an sich haften ließ. Heilige Rebellion, Bewunderung, mit Verachtung durchzogen.

Jetzt, im Alter von dreiundfünfzig Jahren, nach einem ebenso unruhigen wie unerfüllten Leben, als Religionslehrerin über die Maßen konfrontiert mit menschlicher Dummheit und geheuchelter Spiritualität. Jetzt war das zerstörte Wien zu ihrem Inklusorium geworden, wie das Kloster Disibodenberg 1112 für die heilige Hildegard, darin eingeschlossen aus freien Stücken.

Ein Unglück. Über Nacht hatten alle anderen gefehlt. War die alte Struktur Wiens völlig verloren gegangen. War etwas Unerklärbares geschehen, das man mit sehenden Augen als göttliche Strafe deuten konnte – und man sah ja nur mit dem Herzen gut. Das stammte vom kleinen Prinzen, war weltlich, aber in einem durchaus geistigen Sinn.

Die Großstadt hatte sich entvölkert. Hier, in einer Nische an der Außenmauer der halb eingestürzten Kirche am Keplerplatz, gründete Hildegard ihre Einsiedelei. Sie aß, was sie fand, trank, was sich trinken ließ, am Friedhof funktionierte ein Brunnen noch halbwegs. Die fremde Frau, die einen Einkaufswagen schob und sich hinter einen Grabstein duckte, tat Hildegard als Erscheinung ab. Ein Dämon, ein gefallener Engel mit räudiger Haut und vielen Zungen. Er könnte ihr nichts tun. Überall waren diese Wesen, manche hatten Flügel und Hörner, die Haut von Wunden übersät, in denen sie mit langen Fingern wühlten. Sicher das Böse in seiner manifesten Form, dachte Hildegard und murmelte den hilfreichen Exorzismus des heiligen Antonius von Padua: „Ecce crucem Domini! Fugite, partes adversae!“ Doch sie wollten das Kreuz nicht sehen und fliehen, die feindlichen Mächte.

Es galt, die Trümmer der Kirche zu durchwühlen und zu retten, was zu retten war. Hildegard grub mit ihren bloßen Händen einen Kelch aus, polierte das Messing mit dem zerrissenen Altartuch. Wie eine Archäologin legte sie Bilder und Statuen frei, wischte den Dreck aus zum Himmel verdrehten leeren Augen, fand für alles einen neuen Platz. Träumte davon, das Tabernakel zu bergen, die größte Erfüllung. Stein um Stein trug Hildegard aus dem Bereich, wo der Altar gestanden hatte. Und lachte, denn was nach schwerem Marmor aussah, wie der Sockel des Taufbeckens und die Säulen seitlich der Treppe zur Kanzel, entpuppte sich als bemaltes Holz. Kunstvolle Staffage. Der Herr macht es mir leicht, dachte Hildegard von.

JOJO UND BRITT

Wien? Ein verlorenes Kollektiv. Von Jojo und Britt schmerzlich vermisst. Die Freundesgruppe, die Peersgroup, Peers, nach dem Lokal, in dem sie sich immer getroffen hatten. Individuell und doch gemeinsam sei das Peers gewesen, sagte Jojo, aber Britt meinte, dass eine Sache wie ein Lokal nicht gemeinsam sein kann. Höchstens der Gemeinsamkeit förderlich.

„Stimmt", sagte Jojo. Er schob den losen Dreck vom Fensterrahmen. Vorsichtig, gestern hatte er sich bei einer Aktion wie dieser in den Finger geschnitten. Glasscherben überall. „Schau." Britt hatte in einer Ecke Paletten gefunden, vier oder fünf, verborgen unter großen, blauen, prall gefüllten Leinensäcken. „Daraus kannst du uns ein Bett bauen", sagte sie. Jojo, der Experte für Upcycling. Auch deshalb das Peers: Jedes Ding dort war vor dem Müll gerettet und mit neuem Leben versehen worden. Die zweite Chance für ausrangierte Bierkisten, abgefahrene Autoreifen, altes Besteck. Ein Speichenrad war zum Kleiderständer mutiert, Glühbirnen zu Öllampen, Bücher, die keiner mehr lesen wollte, zu Beistelltischen. Gestapelt und geklebt.

Jojos Lieblingsplatz im Peers: Ein zum Sofa umgebauter riesiger Reisekoffer, aufgeklappt und ausgepolstert. Dort war er gesessen, Britt an seiner Seite, sie unterhielt sich meist, nach links gewandt, mit Sascha oder Jenny, Jojo mit Jens und Ibrahim, die rechts und gegenüber saßen, immer am gleichen Platz aus reiner Gewohnheit. Manchmal war Merve mitgekommen, in letzter Zeit Malte wieder öfter – und alle hatten sich äußerst begeistert gezeigt von der Idee, gemeinsam aufs Land zu ziehen.

Jojo zog die Plastikplane vor das Fenster. Es war sehr dunkel geworden, das Fehlen der elektrischen Beleuchtung machte das Draußen zum Nichtort, zum Zombieland, und „Zombiemöbel“ hatte Merve die upgecycelten Dinge im Peers genannt, man sollte sie lieber in Ruhe sterben lassen. Denn eine Gabel sei eine Gabel und kein Garderobenhaken. Eine PET-Flasche eine PET-Flasche und keine Vase. Ein Röhrenfernseher ein Röhrenfernseher und kein Aquarium. Irgendwann würde man alte Leute, die keiner mehr will, ins Lokal stellen und sagen: Komm, Oma, bück dich mal, ich brauch' einen Tisch. So lange hatte Merve genervt mit ihrem stoischen Gerede, bis alle stöhnten und die Augen verdrehten, bis Ibrahim sich die ewige Wollmütze über die Ohren zog und Sascha und Jenny zum Rauchen vor die Tür gingen.

„Merve.“ Britt weinte ein wenig. Fing sich aber gleich. Das Kollektiv war verloren. „Wir haben immer nur geredet“, sagte Britt. Sie wischte sich die Nase mit dem Jackenärmel. „Geredet und geplant.“ Jojo wollte richtig aufs Land ziehen, am besten ins Waldviertel, in der Gegend um Horn wohnte ein Onkel. Super Kontakt, weil beim Lagerhaus angestellt, der kennt alle Bauern, argumentierte Jojo, und würde helfen, etwas Ordentliches zu finden. Jens, der an der Boku studierte, war schnell überzeugt: Richtig am Land zu leben, fände er geil. Wenn alle mitzögen, das ganze Kollektiv, dann bräuchten sie nur ein, höchstens zwei Autos. Hühner und Gemüsegarten. Mit Kräutern und allem, wirklich allem. Jenny hatte gelacht. „Und für Merve finden wir eine alte Oma zum Pflegen, samt Opa und Dackel.“ Sascha, die Idee aufgreifend: „Die sind so dankbar, wenn die sterben, erbst du deren Haus und bist glücklich.“

Sascha sagte allerdings auch, dass sie nie im Leben weg von Wien zöge, aber besuchen würde sie die anderen, vielleicht sogar jedes Wochenende, und Miete zahlen für ein

Zimmer. „Wie lange fährt man von Wien nach Horn?" Zum Onkel, der in Brunn an der Wild lebte – übrigens allein, vielleicht sollte sich Merve ihn mal ansehen? – zum Onkel bräuchte man mit dem Auto ein wenig mehr als eine Stunde, meinte Jojo. Über die A22 und die Horner Straße. Mit Zug und Bus dauerte es natürlich länger.

Britt hatte einen der großen Säcke aufgeknüpft und den Inhalt auf den weiß gefliesten Boden gekippt. Ein Berg gebrauchter Krankenhauswäsche, vorbereitet für die Reinigungsfirma, zum Abholen bereitgestellt. Jojo nahm eine der sieben Solarlampen, die den Raum in schwaches, grünes Licht tauchten, und beleuchtete damit die fleckigen Decken, Polsterbezüge und Leintücher, alle mit dem Krankenhaus-Logo versehen. „Mach die anderen Säcke auch auf", sagte er, „dann suchen wir uns die am wenigsten dreckigen Sachen raus." „Und?", fragte Britt. Den Rest wieder zurückstopfen, das Grauslichste ganz innen, das weniger Grausliche rundherum, rein in den Sack, schon hätte man eine Art Matratze. „Und mit den saubersten Sachen decken wir uns zu", erklärte Jojo, ein Solarlicht in der Hand.

Von den Solarlichtern hatte er sich viel versprochen. Im Peers bezeichnete er sie als die Geschäftsidee seines Lebens. Einen Bausatz wollte Jojo entwickeln, mit dem man aus Dosen aller Art und Einmachgläsern jeder Form mit wenigen Handgriffen Solarlampen basteln könnte. Der Vertrieb online und in Pop-up-Stores. Ibrahim, angehender Produktdesigner, sollte sich auch einbringen. Und Malte das Marketingkonzept erstellen, seit kurzem war er Juniorpartner in einer Werbeagentur. Das wäre wichtig. Und so. „Und so?" Was aus Jojos eigenem Studium werden sollte, hatte Sascha gefragt. Bioengineering an der FH Wien. „Bist du nicht fast fertig damit?" Jojo sagte: „Das hat Zeit."

Britt kannte keinen Ekel mehr. Die Katastrophe hatte sie robust gemacht gegenüber allem, was ihr früher Brechreiz verursacht hätte. „Nimm Bitteres für Süßes“, flüsterte sie. So leben wie Franz von Assisi, arm und schlicht, den Menschen dienend, mit den Tieren sprechend, ihr höchstes Ideal im Alter von elf. Jetzt war sie einundzwanzig. Sie zog Laken um Laken aus dem Haufen vom Boden, inspizierte eines nach dem anderen, sortierte: links die sehr stark verunreinigte, mittig die etwas verunreinigte, rechts die fast saubere Wäsche. Fleckenloses – sofern das in diesem grünen Halbdunkel zu erkennen war – faltete sie zusammen und stapelte es extra.

Jojo hingegen platzierte die restlichen Solarlampen rund um die Paletten, die er aneinanderreihte und mit großen Kartonstücken bedeckte. Die Schachteln, die er für diesen Zweck zerriss, enthielten ebenfalls Brauchbares: Kanister voller flüssiger Seife, Papierhandtücher und Desinfektionsmittel, deren Geruch nach Sauberkeit – Jojo öffnete einen der Behälter – den ganzen Raum erfüllte in scharfem Kontrast zum vorherrschenden, staubigen Schmutz. Sofort kam Britt gelaufen, benetzte sich vorsichtig die Hände und barg das Gesicht darin. Zog die Luft ein, lächelte und ging wieder zurück zu ihren Wäschebergen.

Aus Jojos eigener Erzeugung stammten die Solarlampen, erste Prototypen der unterschiedlichen Muster. Thunfischdosen, schmale Olivengläser, breite, wie man sie für Marmeladen verwendete. Tatsächlich hatte sich sein Talent bestätigt, geduldig und ausdauernd hatte er an der Idee gefeilt, Materialien erforscht, Komponenten gebaut. Nicht in Brunn an der Wild, sondern daheim in der WG-Küche, die er sich mit Britt, Sascha und Ibrahim teilte. Brunn an der Wild wäre noch nicht vom Tisch, war seine Standardantwort gewesen, sprach man ihn auf den

Umzug ins Waldviertel an. Sie tranken Rotwein und malten sich aus, wie sie leben würden. Aber erst müsse die Solarlampen-Produktion stehen und in Serie gehen. Businessplan? Kommt alles noch, meinte Jojo. Die Jungunternehmerberatung auf der Wirtschaftskammer würde er auch in Anspruch nehmen. Dafür wäre es klüger, vorerst in Wien zu bleiben. Die Infrastruktur sei besser, aber in ein, zwei Jahren zögen sie aufs Land und bekämen mindestens fünf Kinder, die müssten dann alle im Gemüsegarten arbeiten. Sie hatten gelacht und sich zugeprostet. Auf die Kinder, auf die Pläne, auf die ökologisch korrekt gelebte Zukunft.

„Ob es Brunn an der Wild noch gibt?", fragte Britt. Sie war mit dem Sortieren der Wäsche fertig und sah Jojo zu, der sich beim Bettbau beeilte. Obwohl: Die Lampen waren gut, ihr schwaches Licht hielt für mehrere Stunden.

Wien? Unbewohnbar. Die anderen suchten nach Essen, Anna nach Möbeln. Sie hatte die Gruppe im Streit verlassen, würde aber zurückkommen, noch vor den Leuten, die sie nicht kannten und nicht wussten, dass Anna Recht hatte. Der Verein der Überlebenden, fünf einander völlig fremde Menschen, ein paar Tage nach dem Unglück.

Sie werden sehen, dachte Anna: Wie ein Teppich einen Raum verändert, sogar diese alte Garage, ein dunkles Betonloch. Ein massiv gebauter Tisch aus Vollholz kann eine Katastrophe überstehen. Dass sie intakte Sessel finden würde, zweifelte sie an. Eher wohl stabile Hocker. Decken und Pölster. Besteck. Irgendwo in dieser Gegend musste das große Möbelhaus gestanden haben, in dem Anna ihre Ausbildung absolvierte. Zwei Monate wären es noch bis zum Lehrabschluss gewesen. Immer die besten Noten, hervorragende Noten. „Aus Ihnen wird eines Tages eine ausgezeichnete Einrichtungsberaterin“, hatte der Ausbildner gesagt. „In welcher Abteilung möchten Sie einmal arbeiten, Fräulein Anna?“

Wohnzimmer, dachte sie. Aber nur in der gehobenen Sparte. Kein Sperrholzverschnitt mit billiger Beschichtung. Kein Cash and Trash. Alles echt, alles edel. Italienisches Design, teure Materialien. Skandinavischer Luxus, sehr zurückhaltend. Sie zuckte und griff sich ans rechte Knie, zog einen groben Splitter aus der Haut. Die Hose zerrissen, mitten im Riss eine kleine Wunde. Anna rieb sie mit Spucke ein, das brannte ein wenig. Oma war da, nicht wirklich, aber doch. Sie hauchte auf Annas Knie. Heile, heile Segen! Drei Tag’ Regen, drei Tag’ Schnee, morgen tut es nimmer weh.

Anna überlegte: Wenn sie einen Tisch fände, wie sollte sie ihn transportieren? Sie würde sich die Stelle merken müssen und die anderen holen. Zwei Burschen waren in ihrem Alter, einer davon weinte die meiste Zeit, sie hatte ihn angeschrien, von wegen, er solle endlich still sein. Die Frau war mindestens fünfzig und sehr ruhig. Wie alt der Mann war? Oma hätte gesagt, nimm dich in Acht. Der Mann, schwarze Haare, grau melierter Bart, hatte das Kommando übernommen. Und Anna ihm widersprochen.

Ob man die Stadt verlassen sollte. Oder abwarten. Sich einrichten, so gut es ging. Auf Nachricht hoffen, auf Organisation. Auf Hubschrauber, die Zettel abwürfen: Geduld, wir holen euch raus! Die mit Lautsprechern den Rotorenlärm übertönten: Geht nach Süden, dort ist ein Lager. Überlebenspakete, an kleinen Fallschirmen hängend, Dutzende kleine rote Fallschirme mit braunen Paketen.

Anna sah zum leeren Himmel. Blau, ohne Wolken, ohne Kondensstreifen, ohne Flugzeuge, nichts schimmerte da oben. Sie war noch nie geflogen. Oma hatte ihr eine Reise versprochen, die erste überhaupt: Zur Lehrabschlussprüfung fliegen wir nach Griechenland, hatte sie gesagt. Auch sie war noch nie geflogen. Hatte Anna den Katalog gezeigt: Das ist der Ferienclub. Schau, der Pool. Dahinter das Meer. Blau und weiß die Dörfer. Alles inklusive. Mit Clubabenden, Anna, da sind viele junge Leute. Und alte, wie ich. Am Abend mache ich es mir im Zimmer gemütlich, und du gehst tanzen.

„Ich werde ganz leise sein, wenn ich zurückkomme“, hatte Anna gesagt. Sie war neben Oma gesessen, auf dem Sofa, das viel zu groß gewesen war für die winzige Gemeindewohnung. Ein Mängelexemplar aus dem Möbelhaus, wegen der schiefen Naht auf der rechten Seite nicht regulär zu verkaufen. Mitarbeiterrabatt. Annas Geschenk zu Omas Achtziger, die Gratislieferung vom Ausbildner organisiert. Ein netter Mensch.

Wenn das Flugzeug startet, halten wir uns an den Händen und beten ein Vaterunser. Oma hatte gelacht. Eine in der Wolle gefärbte Sozialdemokratin war sie. Nix beten. Augen zu und durch. „Und wenn wir abstürzen?"

Das Denkmal war umgefallen und zerbrochen. Wie in der Mitte zerteilt. Auf den Stufen hatte Anna oft in der Mittagspause gesessen, gegenüber das Möbelhaus mit seinen automatischen Türen. Auf, zu, auf, zu. Hinein waren die Leute so gegangen, heraus trugen die meisten Plastiktaschen. Vielleicht haben sie nicht die richtige Kommode gefunden. Aber zumindest eine neue Badematte, ein Topfset, eine Duftlampe und Teelichter. Aktionsware. Niemand verlässt das Haus, ohne etwas mitzunehmen, dachte Anna. Sah sich an Stelle des Ausbildners.

Hinter der Glasfassade hatten die Abteilungen rangiert, ganz oben die teuersten Möbel, im Untergeschoss die billigen Sachen, dort mussten sämtliche Lehrlinge anfangen. Alle Kunden waren gleich zu behandeln, als Maßstab galt der Umgang mit den Zahlungskräftigsten.

Scherbenwelt, Trümmerbruch, Geisterstadt. Das war der Plan gewesen: Mit achtzehn Jahren und zwei Monaten Lehrabschluss. Eine Woche danach die Reise nach Griechenland mit Oma. Mit zwanzig Jahren zur jüngsten eigenständigen Einrichtungsberaterin in der Geschichte des Möbelhauses aufgestiegen. Mit fünfundzwanzig Jahren im obersten Stockwerk angekommen. Bis dahin sparen und bei Oma leben, sie zur Beförderung auf eine Reise einladen: USA, Florida. Mit achtundzwanzig wieder im Tiefgeschoss, Abteilungsleiterin Cash and Trash. Offiziell: Mitnehmen & Selbstbauen. Mit einunddreißig Jahren Übernahme der Abteilung Küchen und Esszimmer. Reise nach Asien, vielleicht Singapur? Spätestens mit fünfunddreißig Jahren Abteilungsleitung Wohnzimmer. Bis dahin genug gespart, um den Genossenschaftsanteil für die Genossenschaftswohnung anzuzahlen, von der Oma und Anna träumten, „ihr ganzes Leben schon“, wie sie sagten. Zwei Schlafzimmer, Wohnküche im offenen Stil, großer Balkon oder kleiner Garten, Badezimmer, Klo extra.

Ein Geschirrspüler, sagte Oma in Annas Kopf. „Ein amerikanischer Kühlschrank“, sagte Anna. Eine Doppelabwasch, sagte Oma. „Ein Herd mit Induktionskochfeld und selbstreinigendem Backrohr“, sagte Anna. Eine Speis, sagte Oma. „Küchenschränke mit Apothekerauszug“, sagte Anna.

Scherbenwelt, Trümmerbruch, Geisterstadt. Wenn du fünfunddreißig bist, bin ich achtundneunzig, sagte Oma.

Anna sah sich um. Mit dem Möbelhaus war alles verschwunden.

Wien? Ausgelöscht. Das einzige Licht kam von einem fetten Vollmond. Er höhne über die Stadt, weil sie sein schwarzes Zelt nicht mehr verschmutzen könne mit ihrem Leuchten. So hatte es Gregor beschrieben, hart an der Kante sitzend, an der „Hausfelskante“, denn es sei kein richtiges Haus mehr, das hier schartig ins Dunkle rage, noch wäre es ein Fels oder gar ein Felsenhaus, das klinge zu behaglich. Also sei es ein Hausfels, stellte er fest und begann, Gedichte zu rezitieren, mit lauter Stimme und ausholenden Gesten. Eichendorff, Goethe, Ringelnatz. „Mondesschimmer“, „tagverschlossene Höhlen“, „nachtigalliges Land“. Unter ihm der Abgrund siebzehn Stockwerke tief.

Erol hatte aufgegeben, Gregor von der Kante wegzulocken. Mochte der über den Mond reden, über eine Wolke, die ihn so verdeckte, dass er aussah wie ein riesiger, Sterne fressender Pac-Man. Über das Licht, das er „aus silberner Schale“ über das Land, nein, die Stadt, nein, die Nicht-mehr-Stadt ergoss. Mochte der andere fabulieren, beschreiben, hinweisen, deuten: Erol rührte sich nicht. Lag zusammengerollt hinter dem Loch in der Wand, das einmal die Tür zur Dachterrasse gewesen war. Lag mit dem Gesicht zu dieser Wand, die Knie angezogen, die Wange auf den gefalteten Händen. Möglich, hinter ihm fänden sich Pölster, Decken, eine Couch. In den vom Mondlicht auf den Boden gezeichneten Flecken fand sich nichts davon.

Vor den Schatten rundherum fürchtete sich Erol, er fürchtete sich vor der Nacht, vor dem Tag, vor allem, was geschehen war, vor dem, was kommen konnte und dem, was nicht kommen konnte, gleichermaßen. Er fürchtete

Gregor, dessen Nähe, aber auch, dass er springen würde, ausrutschen oder verstummen. Fürchtete ihn schon lange, denn diese Furcht war damals, im Café Jenseits, anziehend gewesen und erregend.

Hatte Gregor aufgegeben, Erol hinter der Wand hervorzulocken? Nein. „Schau, Erol, Vögel! Vor dem Mond, Zugvögel, Enten oder Gänse, schau!" Der Jüngere schrak hoch, spitzte sich Schuttsplitter in die Handflächen beim Abstützen, schrammte sich die Knie auf, stand dann doch ein Stück hinter Gregor, vielleicht einen Meter, und starrte in den Himmel. „Wo", fragte er, noch einen Schritt näher an den Rand kommend, „sind sie weg, bist du sicher, Vögel?" „Setz dich", sagte Gregor, griff hinter sich, zog Erol, schob, arrangierte, legte. Den Arm um seine Schultern. Nahm die Hand, bemerkte die aufgeschürfte Haut, küsste ins Blut hinein. Gemeinsam würden sie fallen, ein großer Kauz, ein kleiner, die Arme flügelweit gespreizt.

Wien? Verlorene Heimat, neu zu erfinden. An guten Tagen war der Vater voller Pläne. Dann lobte er das Schicksal, es hatte die Familie überleben lassen in voller Umfänglichkeit. Großeltern: zwei Stück. Eltern: ebenfalls zwei Stück. Kinder: vier, je zur Hälfte Mädchen und Buben. Alle schon über zwölf Jahre und somit der gröbsten Unbill entwachsen. Der Vater nannte dieses Schicksal die „himmlische Gnädigkeit", alle anderen hatten jede Zuversicht verloren im Zusammenbruch der Stadt, im Verlust. Aber er: Nicht ohne Grund hätte man überlebt, einer unentrinnbaren Aufgabe sei man bestimmt, so stehe es geschrieben, davon habe er gehört.

An solchen Tagen rückten die Mädchen enger um Mutter und Großmutter, die Buben hielten sich an den Großvater, der ihnen durch Zeichen den Mund verbat, denn sein Sohn war religiös geworden nur als Reaktion auf die Katastrophe, eine posttraumatische Störung, so seine geflüsterte Erklärung, und: „Reizt ihn nicht."

An schlechten Tagen, diese häuften sich, nahm der Vater die Axt und drohte, die Mutter zu erschlagen. „Hör auf!", schrie er die Weinende an, die nicht wusste, ob die eigenen Eltern noch lebten, die keinen Kontakt halten konnte zu den Geschwistern, die alle tot vermutete in einer Welt ohne Adressen und Sicherheit. Die Söhne hatten sich vor die weinende Mutter zu knien und um deren Leben zu bitten, die Töchter mussten dabei die Hände falten und den Kopf senken. „Vater unser, der du bist", murmelten sie, immer wieder nur: „Vater unser, der du bist." Mehr wussten sie nicht von diesem Gebet, mehr wusste die ganze Familie nicht.

Die Großeltern blieben starr und ratlos vor dem Wahn des Sohnes, der ihnen vorwarf, ihm eine Kindheit im Herrn verweigert zu haben. Eine im rechten Licht. Als freie Menschen hatten die Großeltern ihre Kinder aufgezogen, atheistisch, ohne Gott, mit Sinn für Wissenschaft und Fakten und klare Aussagen, wie jene, welche die Zerstörung spricht: Das war's. Jetzt sieht die Welt anders aus als gestern, richte dich danach.

Sie wären bereit gewesen, das Los zu tragen, das sie im Alter noch ereilte, hatten Freunde und Verwandte verloren, natürlich. Aber dieser eine Sohn samt seiner Familie war ihnen geblieben. Ausgerechnet der labilste. Mit allen anderen hätte sich mehr anfangen lassen, murrte der Großvater und fragte seine Frau, ihr über den faltigen Arm streichend: „Was meinst du, wäre zum Beispiel Hannah nicht ideal gewesen? Sie hätte die Nerven nicht verloren." Sie, die älteste Tochter, hätte gewusst, was zu tun sei, meinte er, deutete auf den Sohn, der die Axt immer griffbereit hielt und an strahlend schönen Tagen die Familie zwang, sich vor der Ruine zu versammeln, in deren Keller sie lebten, um einen Kreis zu bilden. „Betet", sagte er dann und tat, als schließe er die Augen.

Wien? Eine Enttäuschung. Sie hatten das Schiff einige Kilometer stromaufwärts zurückgelassen, mit dem Kapitän und einem der Matrosen als Wache. Sie hätten dorthin zurückgehen sollen, als das noch möglich war. Vielleicht war es noch möglich. Aber, wer wollte entscheiden? Seit zwei Wochen kamen sie nicht mehr voran. Das Ufer waren sie entlanggewandert, um die Stadt zu erreichen. Wien konnte nicht weit sein, und vorher, so hatte es einer in Erinnerung, käme ein kleinerer Ort, recht hübsch und aufgeräumt habe dieser immer gewirkt. Man fuhr an so vielen hübschen, aufgeräumten Orten vorbei und gab nicht mehr Acht darauf im Lauf der Zeit. Wie hieß er nur? Wie sah er aus?

So sah er aus: Verlassen. Die Mannschaft hatte sich durch das Augebiet geschlagen, hatte kleine Wasserläufe überwunden und dabei in nassen Schuhen gefroren. Gut, dass sie keine Passagiere mitschleppen mussten. Eine Betriebsfahrt war es gewesen, von Passau bis Wien, wo sie, laut vertraglicher Vereinbarung, spätestens an einem bestimmten Tag bei der Reichsbrücke anlegen sollten.

Ein Stück vor dem Platz, an dem das Schiff nun lag, waren mitten in der Nacht die Verhältnisse äußerst ungünstig geworden, als wäre ein heftiges Unwetter in der Nähe, mit Ausläufern bis fast vor den Bug. Der Großteil der Mannschaft hatte geschlafen, die Männer waren zäh und nicht leicht zu erschrecken. Der Kapitän hatte angeordnet, die Fahrt zu drosseln und danach versucht, die Lage einzuschätzen. Per Funk, diverse Anrufe, aber keine Reaktionen, auch keine Lichter mehr an Land, nichts. Dunkle Dinge trieben im Wasser, sich kaum abzeichnend gegen das schwach erkennbare Ufer, eine Schattenverdichtung in eigenartiger Bewegung. Plötzlich war die Donau völlig still. Der Kapitän ließ den Notanker werfen und einen Teil der Mannschaft wecken. Diejenigen, die nicht aufgewacht waren, taten dies nach dem Stoppen der Motoren automatisch durch den veränderten Rhythmus des Schiffes.

Alle lauschten und spähten. Das Fernglas wechselte zwischen den Männern, aber noch immer fand sich keine Erklärung. Es war eine andere Welt geworden, ohne dass sich sagen ließ, woran man das erkannte. Die Mannschaft und der Kapitän schwiegen die meiste Zeit, den eigenen Gedanken und Ängsten hingegeben. Stellten dann Überlegungen an, der Koch hatte das Frühstück zubereitet, ohne Auftrag vor der üblichen Zeit. Sollte man zurückfahren, zumindest bis zur nächsten Kraftwerksschleuse? Sollte man langsam sich nach vorne tasten, sehr langsam? Sollte man warten? Und immer wieder diese Frage: Gibt es Kontakt, geht der Funk wieder, nein? Der Morgen zog auf mit neuem Licht.

Zwei Tage später brach die Mannschaft auf. Am Ufer entlang wollten die Männer bis Wien gehen, Nachschau halten, die Lage sondieren. Guter Dinge waren sie gewesen, äußerlich. Die Panik verborgen hinter Entschlossenheit. Dass sich alles klären würde, sagten sie. Und dass der Kapitän und der Kamerad, der bei ihm blieb, dass die beiden gut auf das Schiff Acht geben sollten. Sie kämen wieder. Und kamen nicht weit.

Saßen fest ein paar Kilometer stromabwärts, in einem Ort, der weder hübsch noch aufgeräumt war, sondern wie ausgeleert. Keine Menschenseele war dort, dafür Unterschlupf, zum Ausrasten, zum Aufwärmen. Sie zogen von Haus zu Haus, gruben und zerrten und rissen, Löcher und Steine und Türen, brachen, zerkleinerten. Brennholz gab es kaum, daher Regale und Bücher. Lebensmittel? Wenig. Zudem mussten sie vorsichtig sein.

Einer aus ihrem Kreis kannte sich aus mit Wildkräutern und Früchten. Von denen sich zu jener Jahreszeit kaum welche fanden. Aber die roten Eibenbeeren, sagte er, die könne man essen, man müsse nur unbedingt den giftigen Kern ausspucken, das Fruchtfleisch hingegen sei nicht nur süß, sondern gesund. „So“, sagte er, und machte es vor. Ein anderer trank in seiner Gier aus einer Flasche, die nach Most aussah, aber eine scharfe Flüssigkeit enthielt. Der Mann wand sich vor Schmerzen, stöhnte, wollte sich übergeben, wurde davon abgehalten, weil das sehr schlecht wäre, so ein Matrose, der auf dem Schiff als Sanitäter fungierte. Gebt ihm die Milch, befahl er. Vier Packungen mit Haltbarmilch hatten sie bis jetzt gefunden, falls er stürbe, wäre sie verschwendet. Aber soweit waren sie noch nicht in ihrem Denken. Zögerten nur kurz. Heiser blieb der Mann und krank. „Wir hätten beim Kapitän bleiben sollen“, sprach einer aus, was alle dachten.

KÖRPER

Wien? Zerschunden. Wie der Körper, dem beim Vorgang des Zerschindens der Name abhanden gekommen war. Dessen Vorstellung vom eigenen Sein sich in der kleinsten Seelenkammer kindhaft versteckte.

War noch nicht so lange her, dass der Körper mehr bot als Funktion. Hatte viel Lebendigkeit gehabt, viel Jugend. Etwas Schwellendes, schon fast ganz und gar Frau, alle Ingredienzien, die es dazu braucht, im Überfluss vorhanden: Erinnerte sich der Körper daran? Die Fingernägel brüchig, schmutzig, gespalten. Die Lippen trocken, rissig. Die Haare waren Filz. An Stelle der Brüste konnte man die Rippen zählen; Arme, Beine, Becken, alles knochig. Der Körper war sehr hager, trotzdem befand man ihn als schön, als ansprechend. Weil: Ein zartes Mädchen stelle er dar, ein Ding, das man gern um sich habe, solange es sich zu benehmen wisse und den zugewiesenen Platz einnehme. Hier: Sitz!

Die Männer lachten über den Körper. Machten Späße, probierten aus. Hier: Trink! Hier: Steh auf einem Bein! Der Körper musste eine Flasche auf dem Kopf balancieren, wie lange würde das gut gehen? Wetteinsatz: Zigaretten. Blieb die Flasche heil nach Ablauf der gewetteten Frist, war das günstig für den Körper, dann durfte er trinken.

Dann erst erlaubte der Besitzer des Tages dem angenehmen Ding, seinen Durst zu löschen. Der Besitz wechselte täglich. Sechs Männer, ein Körper. Montag, Dienstag, Mittwoch, Donnerstag, Freitag, Samstag. Sonntags wollte er sich das Leben nehmen. Der Name, der kleine funkelnde Name im hintersten Seelengebirge, hatte sich hervorgewagt ein Stück. Wollte sich zurückducken, diesmal aber ganz, in den Tod hinein. Der Körper war hinausgelaufen in die verendete Stadt, um es ihr gleich zu tun. Etwas zum Ritzen brauchte er, etwas zum Stechen. Eine Höhe, um zu springen. Eine Donau, um zu ersaufen. Der Fluss in der Nähe, der Körper schon über dem Geländer, sich rücklings mit den dünnen Arm-Halmen festhaltend, den Rippenbogen hinausbiegend über die Tiefe dieser nicht mehr ganz ans Donauinselufer führenden Brücke.

Blinkte es von rechts aus Höhe der Gemeindebauten, ein Felshau-Gebirge war daraus geworden mit an- und aufgerissenen Wohnungen. Gespiegeltes Glas, ein kurzes Blitzen. Aus der minimalen Ablenkung resultierte ein winziges Zögern, aus dem Zögern die Zeit, die einer der Besitzer brauchte, um nach dem Körper zu greifen. Gerade noch rechtzeitig habe er ihn erwischt, erzählte er später den anderen. Gerettet. Die Oberarme blau gestreift vom festen Griff.

Man überlegte. Wollte das Ding besser behandelt werden? Sei man nicht gut genug zu ihm? Hier: Sag! Ein Hämatom färbte ein Auge. Ob es wieder flüchten wolle. Hier: Sag! Ein neuer Bogen, diesmal nach vor gekrümmt. Flüsterte das Kindlein seinen Namen im Seelenloch, wiegte sich hin und her ganz sanft.

Doch, sagte der Körper. Man streichelte ihn. So ist's brav. Hier: Leg dich hin und schlaf. Danke, sagte der Körper. Lag ausgestreckt, die Matratze immerhin sein eigen, die Decke sein eigen, das Flüstern im Innersten sein eigen. Und schlief. Während die Männer sich berieten. Sich schlugen. Weil einer nicht mehr wollte. Das Mädchen, sagte er, schaut es an, wir können nicht. Wir sind doch keine Tiere, sagte er. Ein anderer nickte, der dritte aber: Man sei ein Mann, man müsse. Alle Regeln aufgehoben, keine Stadt, keine Gesetze. Nichts zählte. Der vierte, der auch der jüngste war, fast jünger als der schlafende

Körper, erstickte sein Gewissen im Geprotze, verbarg die Sehnsucht im wütenden Gehabe und die Angst in der Faust, die auf den Tisch schlug, die nach dem Messer griff und den fünften bedrohte, aber den sechsten traf, als der dazwischen ging.

Nicht, schrie der, nicht! Hatte aber etwas im Herzen stecken, blutete sich zu Tode, dorthin, wo der Körper sein wollte nur wenige Stunden zuvor. Am Morgen, als dieser aufwachte – sehr früh, kalt war es, die Tür offen, ein Provisorium aus einer Tischplatte mit abgesägten Beinen – waren nur vier Männer übrig geblieben, vier Besitzer mit grauen Gesichtern. Ein roter Fleck am Boden, Spuren vom Kampf. Neue Verhältnisse: Hier, trink. Sagte einer. Eine Blechtasse mit Tee, dampfend, süß. Bitte, sagte er.

Wien? War ihm zuvorgekommen. War schneller von der Klippe gesprungen als Sebastian, hatte sich verabschiedet, sich die goldene Kugel gegeben, sich ins Jenseits befördert. Sebastian hatte jeden Grund, auf seine Heimatstadt böse zu sein. Die Stadt seiner Niederlagen gönnte ihm nicht einmal den Abgang in Ehren.

Da bereitet man sich vor, dachte Sebastian, überlegt, wie und wann. Der beste Zeitpunkt, die schmerzloseste Methode, zudem wollte man die Familie nicht unnötig brüskieren. Das Entsetzen über den Freitod des Sohnes, Bruders und Neffen wäre ohnehin groß genug gewesen, dazu war er noch Kollege, Freund und Bekannter, außerdem Vereinsmitglied, Vorstand, Trainingspartner und Gast, sogar ein guter Gast, ein Stammgast mit Stammplatz.

Was gäb' ich für ein schönes Bier, dachte Sebastian. Im Gasthaus Kreuzwirt in der Krottenbachstraße, am Tisch links neben der Schank, ein Gulasch mit Semmerl, aber resch müsste es sein, und nein, wär egal, ich nähm' auch ein altes Semmerl. Sebastian griff in die Tasche, zog einen Apfel heraus. Vier Äpfel hatte er noch. Musste bald wieder zum Baum, Vorräte auffüllen. Dann konnte er gleich schauen, ob die Nüsse reif wären, wo war nur wieder der Sack geblieben, den er zum Sammeln brauchte?

Früher hatte er auch alles vergessen. In der Wohnung war das nicht weiter schlimm gewesen, die Unordnung für ihn durchschaubar. Und niemand, der ihn aufzog, von wegen: Der Schlüssel in der Obstschüssel, dafür die Fernbedienung auf dem Mikrowellenherd. Ewig nicht daran gedacht, Klopapier nachzukaufen, oder Küchenrollen, also entweder Küchenrolle auf dem Klo oder Klopapier im Küchenrollenhalter, und immer wieder der Vorsatz: Ab jetzt schreibst du Listen, dann geht alles ganz einfach.

Sein älterer Bruder hatte ihm zum Geburtstag eine kleine, holzgerahmte Tafel geschenkt, sehr hübsch, zum Befestigen an der Wand. Schwämmchen und Kreide baumelten an bunten Schnüren, das sah lustig aus und vernünftig. „Die hängst du dir in der Küche auf." So der Bruder. Als der ein paar Monate später Sebastian besuchen kam, relativ spontan, er hatte in Wien etwas zu besorgen gehabt, hing die Tafel tatsächlich und wurde vom Bruder bemerkt. „Eier, Milch, Taschentücher", las er, fragte: „Und, hilft's?" Sebastian nickte brav, was eigenartig aussah, da er erwachsen war, einen Schnurrbart trug und sich täglich rund ums Kinn rasierte. Bravsein war etwas für Kinder, nur war der Bruder eben der ältere, der organisiertere, der reifere von beiden. Ein Aug' solle er auf den Jüngeren haben, hatte es im Herbst 1976 geheißen, als der Viertklässler den Schulanfänger mitnehmen musste in die Schule. Der Bruder nahm jede Verpflichtung ernst.

Folglich war er zufrieden, dass Sebastian seinen Rat befolgt hatte, lobte ihn und auch die Wohnung, recht aufgeräumt, viel besser als beim letzten Mal. In Wahrheit hatte der Bruder nichts anderes zu besorgen gehabt, als im Auftrag der Familie nachzuforschen, ob der mittlerweile zwar auch nicht mehr junge, aber noch immer jüngere Bruder nach wie vor in einem Saustall wohnte. Ob er seine Sachen beieinander hatte, die Finanzen geregelt. Einmal war der Gerichtsvollzieher vor der Tür gestanden, Sebastian hatte vergessen und verschoben und wieder vergessen, eine Strafe der Wiener Linien einzuzahlen. Zuvor also nicht daran gedacht, einen Fahrschein für die U-Bahn zu lösen. Der große Bruder organisierte ihm die Jahreskarte, damit so etwas nie wieder passierte. Zur Not könnte man Sebastian durchaus auch besachwaltern, so der Familienrat, aber lieber wäre allen, er würde die Zerstreutheit ablegen und endlich ein ordentliches Leben führen.

Der ältere Bruder hatte damals vieles nicht bemerkt. Sebastian, seinen Apfel essend, den Blick auf die zerstörte Stadt gerichtet, erinnerte sich daran. Es war interessant, an wie viel er sich erinnerte, seit Wien seinem Freitod zuvorgekommen war. Dem Bruder war die Oberflächlichkeit der Ordnung nicht aufgefallen. Zwischen Besuchsankündigung und Besuch war Zeit genug geblieben, um das herumliegende Gewand in einen Kasten zu stopfen, um das Geschirr in den Geschirrspüler zu räumen. Ein paar der schmutzigen Teller, die keinen Platz mehr fanden, warf Sebastian in den Mistkübel. Darauf noch anderen Mist, damit der Bruder die Teller nicht sah, sollte er selbst etwas wegwerfen wollen. Dann den restlichen Mist verteilt, in Schubladen, hinter dem Vorhang, im Eck unter der Couch.

Kurz staubgewischt, kurz den Besen benützt, schnaufend hatte Sebastian den Bruder begrüsst, heiß war ihm zehn Minuten zuvor noch die originalverpackte Tafel eingefallen, Nägel und Hammer auch ohne Stress nicht auffindbar, aber doppelseitig klebender Tixo fand sich. Die Tafel hing mehr schlecht als recht, aber sie hing. Schnell noch etwas draufgeschrieben. Das Wort Taschentücher fiel ab nach rechts. Dann stand er da, der Bruder, mitten in der Küche, die direkt vom Gang aus zu betreten war, Dusche und Klo kaum zwei Quadratmeter groß, nachträglich in den Substandard eingebaut. Aufwertung des Wohnraums, Zimmer, Küche, Kabinett.

Ob er sich ein Bier nehmen dürfe, hatte der Bruder gefragt, und ja, meinte Sebastian, überlegend, ob im Kühlschrank wohl etwas liegen würde, wie beim letzten Besuch, das nicht hineingehörte. Auch durfte er keinesfalls dem Harndrang nachgeben, sich entschuldigen und dem Älteren so die Gelegenheit bieten, unters Bett zu schauen, Schubladen aufzuziehen, im Mist zu wühlen. „Sebastian, komm her!“, hieße es dann, „Sebastian, du hast … du bist … du wirst.“

Klüger bin ich geworden, dachte er, seinen Apfel kauend. Nicht mehr so vergesslich. Sebastian stand auf einer Anhöhe, ein künstlicher Hügel über dem U-Bahn-Tunnel. Die Sonne sank hinter den Horizont, tauchte die Skyline, nun auf niedriges Niveau zerwürfelt, in leuchtende Farben. Zwischen den alten Baucontainern, die hier der Witterung trotzten, war aus Planen eine Art Zelt gebaut, ein lückenhaftes Heim, dort hauste er.

Der jüngere Bruder, das alte Sorgenkind, hatte die Katastrophe überlebt. Ungewollt. Das eigentliche Unglück war vorher geschehen. Der Arbeitsplatz gefährdet, die Ermahnungen des Chefs schon schriftlich, so fing der Abschied an. Eine Kündigung wurde eingeleitet, lange bevor sie ausgesprochen war, das wusste Sebastian, als Installateur musste man genau sein, von wegen Gas, von wegen Tod durch Fahrlässigkeit. Im Kegelverein war alles gut geblieben bis zum Schluss, er hatte nur ein Turnier vergessen und es kaschiert mit Krankenstand. Und irgendwo war er im Vorstand gewesen, er war doch in einem Vorstand gewesen, zum Teufel – Sebastian schleuderte den Apfelputz weg und schlug sich mit der flachen Hand mehrmals gegen die Stirn. Vorgestern, beim Einschlafen unter seinen Planen, war es fast da gewesen, das Wort, nach dem er suchte.

Kann sein, es lag immer noch am Alkohol. Er hatte früher viel gesoffen, über lange Jahre, er hatte in der Früh ein Bier gebraucht und einen Schnaps, um sich rasieren zu können, ohne sich dabei ins Fleisch zu schneiden. Die Hand ruhig halten auf den Baustellen, in den Häusern fremder Menschen, das bedeutete, einen Flachmann dabei zu haben, oder in der Thermosflasche Tee mit starkem Rum, allerdings nur bei bestimmten Kollegen, solchen, die das Maul zu halten wussten, wenn sie den Alkohol rochen. Oder mittranken.

Damals, nachdem der Bruder da gewesen war, ein Bier getrunken, nichts gefunden, nichts gefragt hatte. War die Tafel gleich runtergefallen, eine Minute nach dem Abschied. Am nächsten Tag in der Wohnung eines Kunden, nichts Schwieriges, eine Heizung entlüften, banale Sachen trug man Sebastian auf. Als sich die Zange nicht ordentlich halten lassen wollte, die Finger ungehorsam, der Wohnungseigentümer am Telefon sprach und dazu in ein anderes Zimmer gegangen war, griff er in die fremde Hausbar, soff Whiskey gegen den Tremor, schnell, hielt sich für unentdeckt und war es nicht. Der Mann hatte Sebastians Chef angerufen, von wegen, der Installateur wäre sehr eigenartig und desorientiert, er suche das Entlüftungsventil an der völlig falschen Stelle, spreche ohne Zusammenhang und stinke zudem nach Hochprozentigem. Ob der Chef vielleicht jemanden schicken könne, oder ob er selbst die Rettung holen solle, weil, das wäre nicht normal.

Zwei Wochen später war die Kündigung ausgesprochen trotz Krankenstand, wegen schwerer Verfehlung nämlich, und es täte ihm im Herzen leid, hatte der Chef gesagt. War auch die Besachwalterung eingeleitet und die Wohnung in Auflösung begriffen, sozusagen. Die Familie überlegte noch, wie hier vorzugehen sei. Was das Beste wäre. Sebastian im Entzug, danach Entwöhnung, danach eine betreute Unterkunft? Der mittlere Sohn des älteren Bruders würde bald in Wien ein Studium beginnen, da träfe es sich gut von wegen Wohnbedarf und man könnte…

Sebastian hingegen wollte nur eines: seinem Leben ein Ende bereiten. Dass Alkoholismus das Gedächtnis beeinträchtigt, war ihm bewusst gewesen. In der Entzugsklinik wurde zudem von Alkoholdemenz gesprochen. Geschädigtes Frontalhirn, verminderte Impulskontrolle. Nach einigen nüchternen Tagen zertrümmerte Sebastian, der ruhige, zurückgezogene, bei Kollegen, Freunden und dem ihm wohlgesonnenen Teil der Familie als gemütlich geltende Sebastian den Glastisch im Aufenthaltsraum. Bestätigte folglich jede These. Obwohl: Gute Chancen auf Regeneration bei totaler Abstinenz. Das Hirn, Sebastian, erholt sich, wie die Leber! Nicht mehr so fit wie ein Junger, haha, aber für uns alte Säcke reicht's allemal. Gespräche in der Gruppe. Im Klinikgarten, bei der vierzigsten Zigarette des Tages.

Der zerbrochene Tisch wurde in Rechnung gestellt. Der große Bruder kam, hatte die alte Mutter dabei. Sie weinte und streichelte Sebastians Hand. Danach beschloss er, zu sterben. Er hatte genug.

Plante, täuschte Einschlafprobleme vor, sammelte die Schlaftabletten, die man ihm einzeln aushändigte, versteckte diese in seinem Zimmer in der betreuten Wohngemeinschaft, in der er nun lebte. Vorübergehend, hieß es. Bis er stabil wäre. Der Neffe achte zwischenzeitlich auf die kleine Wohnung, später werde man weitersehen.

Und dann war der Wintertag gekommen, an dem alle Voraussetzungen passten: Eine mit Sicherheit ausreichende Anzahl an Tabletten gebunkert. Genug Taschengeld gespart, um sich mit teurem Whiskey zu versorgen. Wenn, dann würde er sich stilvoll zu Tode saufen. Die optimale Wettervorhersage, tiefste Temperaturen waren in der Nacht zu erwarten, Eiseskälte. Die WG-Kollegen hatten gelernt, Sebastians Rhythmus zu akzeptieren, ihn am Wochenende vor zwölf Uhr mittags nicht zu stören, ein wenig Individualität muss dem Menschen erhalten bleiben.

Freitags schlich sich Sebastian kurz vor Mitternacht aus der Wohnung, im Rucksack eine Decke. Im Shop der nahegelegenen 24h-Tankstelle wollte er den Alkohol kaufen, er wusste, dort gab es, was er brauchte. Zwei Briefe lagen auf seinem unberührten Bett. Einer an die Familie, kurz und sachlich. Mit Dank, keine Vorwürfe. Der zweite adressiert an die WG-Kollegen. Bitte gleich öffnen. Dort sei er zu finden, das sei zu tun. Das Dort: hinter dem Gartenpavillon der Entzugsklinik. Das Das: alles Nötige in die Wege leiten. Familie verständigen und so. Liebe Grüße, Sebastian.

Sich besaufen, die Tabletten schlucken und, in die Decke gehüllt, einschlafen an einem uneinsehbaren Ort. Das klang nach einem guten Plan, nach einem angemessenen Ende, und wäre ein solches gewesen, hätte Wien nicht beschlossen, vor Sebastian zu gehen. Wenn ihm die Stadt doch zumindest noch den Alkohol gegönnt hätte, aber in der Panik war Sebastian aus der zusammenstürzenden Tankstelle geflohen, hinter ihm Flammensäulen und Höllenlärm, hatte Schutz gesucht, hatte die Nacht überlebt, den nächsten Tag, konnte sich nicht mehr töten, weil er die Schlaftabletten vergessen hatte im nicht mehr existenten WG-Zimmer.

Und lebte noch immer, nüchtern, einen Frühling und fast einen ganzen Sommer später. Das Hirn erholt sich wirklich gut, dachte Sebastian. Er machte sich auf den Weg zum Apfelbaum, die Nüsse sind sicher noch nicht reif, und irgendwann würde ihm einfallen, in welchem Vorstand er gewesen war. Im Grunde war es nicht mehr relevant.

ROSARIO

Wien? Sehr hungrig. Rosario war immer hungrig. Er, der einzige Sohn seiner Eltern, es gab noch zwei jüngere Schwestern, war nicht in Österreich geboren worden, sondern in Mexico-City, im September 1989. Drei Monate später entwurzelt, über den Teich geflogen und neu eingepflanzt. Der Vater im diplomatischen Dienst, die Mutter fand als Dolmetscherin einen Job in der UNO, für Rosario und dessen Schwestern konnte man sich folglich das Beste leisten. So die Vorgeschichte.

Internationaler Kindergarten, internationale Schule, Mehrsprachigkeit, Auslandssemester, Praktika in New York, Seattle und Helsinki, Masterstudium im letzten Drittel, durch die Katastrophe aufs freie Feld geworfen und zurück zum Anfang: Rosario hockte auf einem Schutthaufen und überlegte. Gesicht und Haare staubig, die Hände, die nackten Arme schmutzig, die Kleidung zerrissen, dürftig und natürlich ebenfalls nicht sauber, woher denn auch. Ordentlich auszusehen war nicht das Problem der Stunde, und die von der hochkletternden Sonne in weiches Licht getauchten Ruinen ohnehin eine Umgebung, in der jedes Sorgfältige als Fehler im Suchbild auffallen würde.

Seit Tagen lastete Hitze über dem Dreck. Die Donau floss träge, ein zäher Strom ohne Energie. Von wegen Wasserkraft und Elektrizität. Gab es nicht mehr. Keine Schalter zum Kippen. So etwas Simples. In einen Raum gehen und – kipp – es werde Licht. Es gab auch keine Kühlschränke mehr, die beim Öffnen gelb ihren Inhalt beleuchteten, auch keinen Inhalt gab es mehr. Rosario hatte zwar Kühlschränke gefunden, aber darin Genießbares nur in den ersten, damals noch kalten Wochen.

Es zahlte sich nicht aus, Kraft darauf zu verschwenden. Anders hier: Der junge, verstaubte Mann, der auf diesem Schutthaufen hockte und die relative Kühle des frühen Morgens ausnützte, um Nahrung zu finden, hatte den oberen Teil eines eindeutig zu einer Kücheneinrichtung gehörenden Schrankes freigelegt. Seit drei Stunden wühlte er im Geröll, vom geschärften Instinkt angetrieben, niemand fand besser verschüttete Küchen und Vorratslager als er. Die Schwestern, beide in Wien geboren, waren unnütz in dieser Hinsicht. Was nichts zu tun hatte mit dem Geburtsort, aber Anlass zu Streitereien unter den Geschwistern gewesen war, als es darum ging, sich echt zu fühlen. Zugehörig.

Auch das lange vorbei. Sie hatten als Gruppe zu funktionieren. Rosario brach täglich noch vor dem Morgengrauen auf, brachte das Eingesammelte mittags nach Hause. Sie, die Schwestern, kümmerten sich als angehende und nun doch verhinderte Medizinerinnen um die verletzte Mutter, deren mehrfach gebrochenes Bein nur langsam zusammenwuchs, und um den Vater. Er hatte schon vor dem Unglück zur Verwirrung geneigt, sein einst so klarer Geist war verschüttet worden wie dieser Vorratsschrank.

Der sich nicht ausgraben ließ, der zwischen Gerümpel und Mauerbrocken feststeckte, es war unmöglich, ihn zu bewegen. Er müsse sich endlich um ordentliches Werkzeug kümmern, dachte Rosario, eine gute Spitzhacke finden, sich aus- und aufrüsten, auch die streunenden Hunde konnten zur Gefahr werden. Mit einem Stock noch zu vertreiben, aber mutiger wurden sie von Woche zu Woche, und wer weiß, was alles aus Schönbrunn entkommen war und vielleicht den Weg über den Fluss gefunden hatte. Bären können schwimmen.

Rosario beschloss, sich noch am gleichen Abend zu den Schrebergärten an der alten Donau durchzuschlagen. Oder zur Brünnerstraße, dort war ein Baustoffhandel gewesen. Aber nicht, ohne sich vorher an diesem Schrank zu versuchen: Rosario schlug in weiterhin hockender Stellung mit einem groben Stein mehrmals heftig auf die obere Platte ein. Alles, was sich derart schaffen ließ, war eine kleine Lücke im Pressholz. Er sah sich um, brach einen dünnen Zweig von einem Strauch, streifte die fleckigen Blätter ab und stocherte in die Lücke. Zog den nackten Zweig heraus, tupfte die Zungenspitze in klebrige Stellen, schmeckte und lächelte: Honig.

FRAU WIDEHOPF

Wien? Was war damit? Frau Widehopf – wie der Vogel, nur mit kurzem i – lauschte. Ab und zu rumorte es, nichts im Vergleich zum Höllenlärm, der vor einer Woche ihre im dritten Stock liegende Wohnung erschüttert hatte. Um halb elf war sie zu Bett gegangen an diesem Tag, wie immer, um noch ein paar Seiten zu lesen und nach einer halben Stunde bereit für die Nacht zu sein. Sie hatte sich die ewig zu trockenen Hände eingecremt, dünne weiße Handschuhe übergezogen, der besseren Wirkung wegen, die Nachttischlampe abgedreht, den größeren der beiden Pölster zur Seite gelegt, denn sie schlief gerne flach auf dem Rücken. So konnte sie beim Einschlafen die Lichter beobachten, von Straßenlaternen und Autoscheinwerfern gezeichnet. Sie wanderten an der hohen Decke langsam hin und her, wiegten die alte Frau in den Schlaf, wie sie es siebenundsechzig Jahre lang getan hatten, denn Frau Widehopf war in dieser Wohnung geboren worden und hatte vor, hier zu sterben.

Aber doch nicht jetzt, das wäre zu früh. „Die Gebrechlichkeit hebe ich mir für später auf“, hatte Frau Widehopf im Freundeskreis gescherzt, wenn sie im Café Europa zusammensaßen oder zum Griechen gegangen waren, um eine Kleinigkeit zu essen. „Ab fünfundneunzig werden die Haare nicht mehr gefärbt“, sagte Frau Widehopf, sie habe das mit ihrer Friseurin so beschlossen, was Gelächter auslöste und Rechnerei, denn Frau Helga vom Salon Seidenglanz wäre in fast dreißig Jahren über achtzig Jahre alt und längst pensioniert.

Die Helga, dachte Frau Widehopf, richtete sich auf – sie war im tiefen Ohrensessel eingeschlafen – und griff nach dem Regenschirm, der ihr als Stock diente. Ihr linker Fuß war derart angeschwollen, dass er in keinen Schuh mehr passte, zusätzlich war die Tür zum Vorzimmer durch etwas Umgestürztes blockiert und ließ sich nur einen schmalen Spalt weit öffnen. Kein Licht dahinter. Der Strom war in der ganzen Wohnung, wahrscheinlich im ganzen Haus, ausgefallen, Emilie Widehopf hatte durch den Spalt den Regenschirm zu sich ins Wohnzimmer retten können, alles andere war außer Reichweite gelegen.

Auch die Tasche mit dem Telefon. Was brauchte man einen Festnetzanschluss, sie war eine moderne Alte, sie wusste ein Handy zu bedienen, sogar ein Smartphone der neueren Generation, eines, mit dem man E-Mails abrufen konnte, wobei sie das lieber auf dem Notebook gemacht hatte. Notebookdeckel auf und automatisch kam Nachricht, u-oh, machte es, u-oh, du hast ein Mail bekommen, Emilie, jemand denkt an dich.

Nichts Besseres gegen die Einsamkeit. Auch in den sozialen Netzwerken war Frau Widehopf unterwegs gewesen, ihr Profilbild der kleine Vogel mit langem i, ihr Fast-Namensvetter. Ein paar leere Stunden konnte man so füllen als moderner Golden-Ager, News, Youtube-Videos, Englisch-Auffrischungskurs, Sudokus lösen. Das Theater-Abonnement in der realen Welt, die Treffen mit der Clique, jedes Frühjahr die Feldenkrais-Gruppe, jeden Herbst ein paar Tage in der ungarischen Therme mit Theodora und Luise, dazwischen soziales Engagement und ein Tanzkurs für Leute ihres Alters. Frau Widehopf war eine lebenslustige Seniorin gewesen vor dem Unglück. Wie aus dem Katalog, dachte sie, jedes Klischee erfüllt.

Sie stand zwischen geisterhaft durcheinander geworfenen Möbeln, auf den Regenschirm gestützt, und versuchte, einen klaren Kopf zu behalten. Was auch immer draußen geschehen war, es hatte in ihrer Wohnung viel Schaden angerichtet. An Besitz, an Leib, an Seele. Frau Widehopf war aus Schlaf und Bett geschleudert worden und auf dem Boden hart aufgeschlagen. Der Schock schärfte und dämpfte den Lärm, schärfte und dämpfte den Schmerz, alarmierte und beruhigte sie zu gleichen Teilen. Fatalismus gehört zu jeder Katastrophe, kam ihr in den Sinn, der ihr schwand, bevor sie sich fragen konnte, ob sie diesen Satz gelesen, gehört oder selbst erdacht hatte. Als sie das Bewusstsein wieder erlangte, war der Fuß gefühllos, weil über Stunden unter der schweren Kommode eingeklemmt. Draußen nach wie vor Getöse, vom Himmel fallende Wut und das Lodern eines Feuers auf der anderen Straßenseite. Ein roter, sich bewegender Schein, überall. Liegen und atmen, die Hände rücklings in den Teppich gekrallt, das Blut staute sich in den Extremitäten, und erst, als Lärm und Bewegung aufhörten, erst, als die Wohnung wieder still stand, wie sie es siebenundsechzig Jahre lang getan hatte, mit unbedeutenden, seismologisch bedingten Ausnahmen, in denen das Kristall leicht klirrte, nicht mehr. Erst nach diesem heftigen, weil unvermuteten Stillstand, einer Notbremsung gleich, begann Frau Widehopf den Schmerz zu spüren. Schob die Kommode weg, mit letzter Kraft, schrie kurz auf beim Anblick des Fußes, der wohl nicht mehr zu retten sein würde.

Auch das Notebook war hinüber, weil mit aufgesprungenem Gehäuse, zersplittertem Display und völlig durchnässt. Die Scherben der altrosafarbenen Porzellanvase daneben auf dem Parkett, fast malerisch drapiert mit zarten Tulpen, tags zuvor spontan beim Billa gekauft. Sie wolle dem Frühling ein wenig entgegenwinken, hatte Frau Widehopf dem freundlichen jungen Mann an der Kassa erzählt und ihm die Billakarte gegeben. Ob er den Monatsrabatt abbuchen solle, hatte er gefragt, und nein, das zahle sich wegen der paar Kleinigkeiten nicht aus, war ihre Antwort gewesen. Am Wochenende käme sie mit dem Einkaufstrolley und kaufe ihm die Regale leer, dann gerne den Rabatt, und auf Wiedersehen, bis bald.

Die zerbrochene Vase, die Erinnerung an den Billaverkäufer, an die verlorene Clique, der absterbende Fuß, die Blutvergiftung, die das Bein hinauf wanderte zum Herzen hin, die Kontaktlosigkeit. Frau Widehopf weinte von Zeit zu Zeit zum Fenster hinaus, in eine Decke gehüllt, denn die Scheiben fehlten. Der Brand auf der anderen Straßenseite hatte die Dächer gefressen und die Häuser ausgehöhlt. Unten standen Autos quer und kopf und durcheinander, die Alarmanlagen waren nach und nach verstummt. Einem grauem Jeep blinkten die Warnlichter bis weit in den nächsten Abend hinein. Frau Widehopf hielt sich an diesem Blinken fest als Möglichkeit der Rettung, weil ein Signal.

Immer wieder hinkte sie zur Tür, stemmte sich dagegen, angelte mit dem Schirm ins Vorzimmer, um vielleicht doch an Handtasche und Handy zu gelangen. Immer wieder hinkte sie zurück zum Fenster, ob denn das Blinken noch da wäre, ob sich jemand zeigte, wenn sie rief: „Hilfe, hier oben, Hilfe!“ Theodora und Luise, Schwestern, die nie anders gelebt hatten als miteinander, die ähnliche Mäntel trugen und Kleider und Gesichter, obwohl zwei Jahre und vier Monate und sieben Charaktere verschieden, sie wohnten nur ein paar Hausnummern weiter, drei Minuten zu Fuß. Einmal war Frau Widehopf in den Hausschuhen zu Theodora und Luise gegangen, natürlich versehentlich, weil in Gedanken, und war lange damit aufgezogen worden.

Wenn sie sich aus dem Fenster beugte, ließ sich Folgendes erkennen: Auch links und rechts stand nichts mehr gerade und heil, es war nur dieses alte Haus aus der Gründerzeit, das wie in den Erdboden gerammt sich aufrecht hielt und trotzte. Wem trotzte es? Wäre es nicht gnädiger gewesen, im Schlaf abzustürzen, vielleicht nicht einmal aufzuwachen, vielleicht, alles für einen kurzen Albtraum haltend, den Tod zu finden und nicht, wie jetzt, mit ihm als einzigem Ansprechpartner hier in der verwüsteten Wohnung eingesperrt warten zu müssen, bis es ihm recht war?

Frau Widehopf richtete sich auf. Mahnte sich, Haltung zu bewahren. Zum Glück war die Tür zum Badezimmer frei, dort hatte sie Schmerztabletten und Verbandszeug. Zum Glück war auch die Küche halbwegs begehbar, und ihr wohl einziger großer Spleen, kein Leitungswasser zu mögen und daher Kisten voller Mineralwasser in der kleinen Speisekammer gebunkert zu haben, erwies sich ebenfalls als günstig. „Das gute Wiener Leitungswasser", hatte Frau Helga gerufen, als Frau Widehopf sich zwar gern zu einem Kaffee überreden ließ, während die Färbung einwirkte, aber das Glas Wasser dazu verweigerte. Die Kisten waren geliefert worden, auch das war vorbei.

Sie würde nicht verhungern und verdursten, das wusste sie, wieder in ihrem Ohrensessel sitzend, alle Tabletten, die sie hatte, in einem kleinen Korb auf dem Schoß. Sie würde vorher an Blutvergiftung sterben oder an Wundbrand, vielleicht hätte sie doch Medizin studieren sollen und nicht Kunstgeschichte. Sie würde sich auch nicht umbringen, noch nicht, aber der Verstand riet ihr dazu, eine gewisse Menge der stärkeren Medikamente zur Seite zu legen. Leider war ihr Schlaf immer gesund gewesen. Etwas gegen rheumatische Beschwerden, etwas gegen Entzündungen, abgelaufene Antibiotika, ein Mittel gegen Darmträgheit, drei verschiedene, die bei Kopfschmerzen halfen, von leicht bis stark bis Migräne. Eine Augensalbe, Ohrentropfen, eine Kampfertinktur und Tigerbalsam. Unschlüssig ließ Frau Widehopf die Hände sinken.

Lauschte. War da wieder das Geräusch gewesen? Als würde jemand an den Jalousien der Nobelboutique herumfuhrwerken, die im Erdgeschoss eingezogen war, zwecks Aufwertung der Gegend. Früher hatten auf allen Stockwerken und im Mezzanin Familien gelebt. Das Mädchen Emilie, das Frau Widehopf einmal gewesen war, die gewundene Treppe hinauf und hinunter. Zur Greißlerei, der Mutter etwas besorgen. Zur Hanni, die beste Freundin und fast ganz unterm Dach. Ein Wirbel manchmal im Stiegenhaus, der Dr. Soundso, Finanzamtsbeamter in Rente und Witwer, hatte sich eine Asiatin heimgeholt. Damit er nicht so allein sei im Ruhestand. Das Gerede!

Alle waren ausgezogen oder gestorben, die Wohnungen hatten sich in Kanzleien und Privatordinationen verwandelt, einzig Frau Widehopf war geblieben. Saß in ihrem Ohrensessel. Erinnerungen, so durcheinander wie die Möbel und die Autos. Und ähnlich kaputt. Das Geräusch von unten war sicher nur ein Tier, eine Ratte, oder Größeres.

„Heute tust nichts mehr, Emilie“, sagte Frau Widehopf zu sich selbst in Ermangelung einer anderen Ansprach’. Weil den Tod, der sich dieses letzte Gebäude im innersten Bezirk als Trutzburg gewählt hatte, den ignorierte sie lieber, so lange es ging. Mit dem Regenschirm zog sie den Hocker näher, lagerte das schmerzende Bein darauf, auch eine zweite Decke fischte sie sich von der Couch, weil die Nacht direkten Zugriff auf die Wohnung hatte, fensterscheibenlos, wie sie war. Obwohl nicht kalt, im Gegenteil, unüblich warm für die Jahreszeit.

Ein wenig ausruhen, ein wenig schlafen. Hustensaft half dabei, besonders jener gegen den Reizhusten, der sie im

Winter regelmäßig quälte, und niemand wusste warum. Egal, die Flasche war halb aufgebraucht. Drei, vier Stunden Schlaf wünschte sich Frau Widehopf, beugte den Kopf zurück und sah zur Decke. Oben zeichnete sich schwach das Muster des vielfärbigen gläsernen Windlichts ab, in dem eine kleine Kerze flackerte. Auch der Vorrat an Kerzen würde schwinden und es sich weisen, ob Frau Wideholz' Leben schneller verschwand.

Sie schloss die Augen, dachte noch, wie gut, kein Ansatz von Grau in den Haaren, erst letzte Woche war sie bei Frau Helga gewesen, war teuer, die Färberei, aber zahlte sich aus, und wenn sie dann ausgeruht wäre, würde weiter aufgeräumt, man hinterlässt keine Unordnung, nein, das tut man nicht.

ZWEI MÜTTER, EIN KIND

Wien? Eine Erinnerung. Zwei Mütter hatte das Kind, es kannte nichts anderes. Zwei Mütter, die eine hieß Mama, die andere Mum, und beide liebten es sehr. Sie nannten das Kind Kuschelmonster oder Krümelkeks oder Mümmelklecks oder Motzine oder Bärchentier. Ging es mit dem Tag zu Ende, beim Gute-Nacht-Sagen, setzten sich Mama und Mum ans Bett, eine links, eine rechts, und dann begannen sie zu streiten, aber so komisch zu streiten, dass dem Kind vor Lachen der Bauch weh tat, erst, wenn er weh tat – und die beiden fragten regelmäßig: Tut er schon weh? – erst wenn er ausreichend weh tat, küssten sie das Kind auf Stirn und Wangen, eine links, eine rechts, und taten so, als schlichen sie aus dem Zimmer. Es gab kein richtiges Zimmer mehr und auch keine Tür, die man zufällig noch einen Spalt offen stehen lassen konnte, obwohl man geschworen hatte, sie ganz, ganz fest zuzumachen, weil es ein großes Mädchen sei. Trotzdem schlichen sie sich aus dem Teil des Raumes, der mit einem alten Vorhang vom Rest abgetrennt war.

„Das ist dein neues Kinderzimmer“, hatte Mum gesagt, als sie sich hier einrichteten. „Und das dein neues Bett“, meinte Mama, es wäre ein besonderes Bett, weil riesig und eigentlich für Erwachsene. Und dass das Kind in der Nacht Acht geben müsse, sich darin im Schlaf nicht zu verirren. Wie es das machen solle, hatte das Kind gefragt, das hörte sich so an: „Wie - soll - ich - das - mach - en?“ Es war dabei, die Matratze einzuhüpfen, denn das müsse sein, sonst schläft man nicht gut, das wisse jeder Mensch mit Verstand. Mama überlegte kurz, schnitt ein Stück von einer gelben Schnur, band das eine Ende an ein Matratzeneck und das andere legte sie dem Kind in die Hand. „Das hältst du einfach fest." „Du bist die beste Mama der Welt", sagte Mum, umarmte Mama und gab ihr einen Kuss.

Den allabendlichen Kosenamenwettbewerb hatte Mum erfunden. Sie hatte – damals war das Leben noch heil gewesen – das Kind gefragt, als es nach dem Zähneputzen unter die flanellige Bettdecke geschlüpft war, ob es sein tägliches Lachen auch wirklich verlacht habe oder ob noch etwas übrig sei? Weil, falls ja, dann müsse das raus, das wäre sonst ungesund, mein Mäusezähnchen. Mein Kinkerlitzchen. Mein Lilalieschen. Mama war eingeschritten, ihre Kosenamen wären doch viel schöner. Sapperlottilie. Ameisenbeinchen. Fürzelchen. Bald tat der kleine Bauch weh, die Mütter dimmten das Licht und schlichen sich aus dem Raum oder, später, bliesen die Kerze aus und verschwanden hinter dem Vorhang. Es gab Routinen, denen konnte auch das Ende der Welt nichts anhaben. Und weil sie so drollig schlichen, kam noch ein Kichern aus dem Bett-Eck, ein Mini-Lachen, und Mama sagte zu Mum, so, dass das Kind es hören konnte: „Siehst du, jetzt ist alles raus."

Das war der Unterschied: Früher, in der Wohnung mit dem hübschen kleinen Zimmer für ihr hübsches kleines Kind, hatten sie es sich nach den Gute-Nacht-Küssen und dem Hinausschleichen gemütlich gemacht. So nannten sie es. Tee getrunken oder ein Glas Wein, heimlich Kekse gegessen mit ein wenig schlechtem Gewissen, weil sie es heimlich taten. Manchmal stritten sie, meistens schwiegen sie sich in eine angenehme Müdigkeit hinein, oft sprachen sie aber auch, wunderten sich. Sollen wir noch ein zweites Kind bekommen, war eine Frage. Die andere: Soll Mum es austragen, dann hätte jede einmal geboren. Und: Willst du das, meine Liebe? Waren sich schon fast einig gewesen.

Das war der Unterschied: Jetzt, hinter dem Vorhang, schwiegen sie, bis sie tiefes Atmen hörten, bis das Kind schlief. Mum stand bei den Vorräten, rechnete und überlegte still, wie lange sie noch reichen würden, worauf sie verzichten könnten, wie viele Kalorien sie mindestens brauchten, aber woher nehmen? Mama saß in einem Lehnstuhl, den sie neben die dünne Holztür geschoben hatten, sie hielt eine Eisenstange in der Hand und versuchte ihrerseits, wach zu bleiben. Beider Mienen dunkel, beider Augen eingefallen, beider Mut gesunken.

Wien? Nicht herzeigbar. „Call me Gertrud“, sagte Gertrude. Die Stimme zu behalten war wichtig in ihrem Geschäft, laut genug müsse sie sein, um ein Rudel Touristen hinter sich herziehen zu können. „Lalala“, sang Gertrude, „do re mi fa so.“ Klang nicht schlecht, aber neuerdings hatte die Luft einen anderen Hall, neuerdings gab es eine Ruhe, die vorher nicht gewesen war, eine, die Gertrude nicht mochte. Die sich in sie hineindrängte und ausbreitete, weswegen sie reden musste, und sei es mit den eigenen Schuhen, auf die sie Gesichter malte, rechts das eines Mannes mit Schnurrbart, links das einer Frau mit langen Wimpern und kirschrotem Kussmund. Gertrude erzählte diesen Schuhmenschen, dass sich vor der Karlskirche die Leut' gern verloren hatten oder am Naschmarkt, mein Gott, der Naschmarkt. Sie sah in die Richtung, in der er einst gelegen hatte mit seinen Ständen und Lokalitäten.

Gertrude drehte den Kopf. Hinter ihr verstaubtes Gold, der Rest von weißem Mauerwerk. Vor ihr: Hügel aus Holz und Metall, sich ineinander stapelnde, verkeilte dünnbeinige Alustühle. Darunter lag der Markt begraben, verrotteten Gemüse und Menschen, feierten Ratten fröhliche Urständ, und es gab keinen, den man belehren konnte, dass mit „Urständ“ Auferstehung gemeint war. „Die ganze Welt Herr Jesus Christ in deiner Urständ fröhlich ist“, flüsterte Gertrude und wusste nicht, wohin.

ICH

ICH I

Wien? Welches Wien? Mitten auf der Lasallestraße konnte man sitzen mit dem Rücken zu dem, was sich nicht mehr Stadt nennen durfte, dort, wo das Stadtgartenamt Nelken und Tulpen und anderes Grün angepflanzt hatte früher einmal. Bunt-verwischte Streifen waren das gewesen zwischen den Autos.

Die Reichsbrücke verlor sich im Bogen. Keiner war gesprungen seit über zwanzig Tagen. Nummer Vierundfünfzig zählte nicht, Nummer Vierundfünfzig hatte gezögert vor dem Sprung, die Hände rücklings an das Geländer geklammert. Die Hände wollten nicht springen, die Füße auch nicht, der Rumpf schon. Er bog sich konvex über den Fluss, aber wenn beide streikten, Hände und Füße, dann kam der Rest selten ans Ziel. Dann war er überstimmt. Die Grundbedingung: Der Großteil des Körpers musste wollen. Die Seele konnte man außer Acht lassen. Wollten Beine und Rumpf, dann hing alles von der Gesamtmasse ab. Wie lange die sich tragen ließ von den Händen. Wollten die Hände und der Rumpf springen, hatten die Beine im Normalfall keine Chance. Man konnte beobachten und notieren, ein Fernglas war hilfreich. Papier auch. Und Stifte.

Ein leeres Heft fand sich schneller und Kugelschreiber, als sich Essen finden ließ dieser Tage. Kugelschreiber mit Werbesprüchen, billiges Plastik, grelle Schriften, die einzige Freude das Neonleuchten der Kugelschreiber. Stunden konnte man sich das ansehen, neu schlichten, nebeneinander legen, Muster bilden, Sterne, Häuser, eckige Wolken, ganze Landschaften. Hatte man genug davon.

In der Praterstraße die Librofiliale. Man konnte die Seele übrigens wirklich außer Acht lassen. Die Fenster der Librofiliale waren eingeschlagen, die Kasse aufgebrochen, die Ständer mit den Süßigkeiten und alle Süßigkeiten im Lager geplündert, alle Getränke, nichts, kein Cola mehr, kein Fanta, da war nichts mehr. Im Pausenraum der Kühlschrank, die Regale in der Teeküche, kein Teebeutel mehr, keine Kaffeekapseln, wo sich diese doch so schön öffnen ließen, und den Kaffee dann köcheln über kleinen Feuern und vorsichtig trinken mit gespitzten Lippen, bis man den Satz schmeckte und man diesen mitschlürfte, bis zum letzten Körnchen aus dem Blechtopf leckte, man nahm die Finger, nichts blieb zurück. Kaffee half gegen Hunger, man wusste das. Aber keine Kapseln, die Plünderung war sorgfältig gewesen, was ein Widerspruch war, denn Plündern war oft Chaos, und Sorgfalt klang nach aufgeräumt. Obwohl, ausgeräumt war dem nahe, das Papier war schnell weg, das dauerte keine zwei Monate, es brannte, man brauchte es für die Feuer, aber Stifte und Malzeug und Pinsel, Tinte, Patronen, Tintenkiller, Locher, Radiergummis gab es noch immer. Bei den Radiergummis waren die in Obstform verschwunden, kleine runde Gummiäpfel und Bananen und Birnen, und die in Miniburgerform, womöglich als Trost für Kinder oder für alte Leute, von wegen: Da Oma, schau, ich hab' dir eine Birne mitgebracht. Und die Oma dann selig lutschend und über dem Seligen den Geschmack vergessend und verleugnend und selig sterbend.

Nummer Vierundfünfzig zählte nicht, nein. Das Fernglas war zu gut, man sah zu deutlich, wenn jemand ausrutschte, das war wirklich ein Hochleistungsfernglas. Dem das vorher gehörte, der hatte sicher Sterne beobachtet oder das Sexleben im Gemeindebau oder die Leute auf der Donauinsel beim Baden im Fluss. Nummer Vierundfünfzig zählte nicht, ich wollte schon einen Strich machen, mit dem gelben Kugelschreiber, Spedition Freiweg, wir bringen Sie ans Ziel. Hab' es dann gelassen.

ICH II

Wien? Ein Urwald, in Entstehung begriffen. Eine Rückeroberung. Meine Hände voller Erde, unter den Fingernägeln schoppte es sich schwarzbraun. Ich grub leise, kniete zwischen den Bäumen, ließ den Zweifel ob der Wahl des Ortes an mich heran und wies ihn von mir im nächsten Moment. Von wegen, der Lainzer Tiergarten hätte sich besser geeignet für mein Vorhaben. Als hätte ich den Lainzer Tiergarten vor dem Unglück gefunden einfach so. Mit einer Straßenkarte vielleicht, mit dem blau eingebundenen Wien-Plan. Mein linkes Knie darauf. Zum Schutz, weil der Boden sehr feucht war nach dem letzten Regen. Als Plan jedoch nutzlos, die Straßen waren aus dem ursprünglichen Verlauf gesprungen, sie brachen ab wie unvollständige Sätze.

Das rechte Knie auf einem Kochbuch, „Backen ohne Milch und Ei“. Eindeutig fanden sich keine Milch und keine Eier mehr, und doch wusste ich es nicht genau. Am Stadtrand, in den Vororten hatten Kühe und Hühner eventuell überlebt. Möglich, alles hatte überlebt, nur Wien nicht. Nur wir nicht. Nur ich. Seit Tagen kaum jemand, vor dessen Herumirren ich mich verstecken hätte müssen.

Wollte ich teilen? Nein. Hatte ich Vorräte? Ja.

Der Lainzer Tiergarten, dieser große ummauerte Wald im Westen, schön, aber, freilaufende Wildschweine. Ich dachte an diese Wildschweine und das war letztlich ausschlaggebend gewesen, warum ich hier grub, im ebenfalls ummauerten Sternwartepark. Nicht beeinflusstes Wachstum, an Wochentagen bestimmte Wege rund um das Observatorium geöffnet, alles andere wild und ursprünglich. Die ganze Stadt wird einmal so sein. Lässt nichts verkommen, die Natur. Holt sich zurück, was ihr abgetrotzt wurde; was sind schon fünfzig Jahre, oder hundert.

Bis dahin werden die Myzelien der Pilze das von mir Übriggebliebene unter- und überirdisch verteilt haben. Hinausgetragen aus dem Sternwartepark. Sehr weit können sich diese Geflechte ausdehnen. Ich stellte mir vor, dass eine von mir genährte Spur bis zum Donauarm führt, eine andere sich hinzieht zu den verlassenen Weinbergen. Netzartig breiten sich Moleküle meines vergorenen und zersetzten Körpers in den Resten der Stadt aus. So wollte ich es haben.

Und wer konnte wissen, ob die Ein- und Ausgänge offen waren im Lainzer Tiergarten, ob sich die eingeschlossenen Tiere nicht auf ewiglich vermehren mussten, Inzucht betreibend und innerhalb weniger Generationen degeneriert. Ein interessanter Gedanke. Mein Park hingegen lag auf einer Anhöhe in Währing, zu Fuß eine Stunde von meinem üblichen Unterschlupf entfernt. Ich hatte mich gut umgesehen, Mauerwerk und Tore geprüft, nach Schwachstellen gesucht. Eine vorzeitige Übersiedelung angedacht. Jeden Tag nahm ich etwas mit, packte den Rucksack voll, suchte in den Häusern, die aussahen, als könnte man sie noch gefahrlos betreten, nach Behältern. Zog Töpfe mit schweren Deckeln aus kaputten Einbauküchen. Irgendetwas, um den Deckel fest an den Topf zu binden. Seile und Gürtel.

In die Töpfe kamen die Vorräte, bevor ich sie verschloss und im Sternwartepark nach Eichhörnchenart vergrub. Immer zog ich das Parktor hinter mir zu und sperrte es ab. War dankbar für die Dichte an Ein-Euro-Shops mit ihrer Vielfalt, die geplündert war zum Großteil, aber, die Leute wussten nicht, was sie brauchten. Vorhangschlösser hatte ich gefunden, winzige, in metallisch schimmernden Farben, nur zur Zierde, nur, um zwei Buchstaben darauf zu schreiben, ein Plus dazwischen, ein Herz rundherum. An das Geländer einer Brücke gehängt, Zeichen der ewigen Liebe. Auch mittlere und richtig große Vorhangschlösser, zum Versperren der Kellerabteile, mit Zahlenschloss oder Schlüsseln.

Der Park sollte meine letzte Heimstatt werden, in ihm würde ich mich einschließen, sobald mein Ende absehbar war, bis dahin dicke Schlösser an allen Eingängen, um die Umherirrenden vom Eintritt abzuhalten. Wo notwendig, verstopfte ich Lücken in der Mauer mit Ziegeln aus einem alten, im Dickicht verborgenen Gebäude, verfallen lange vor dem Verfall. Unweit der Sternwarte mit ihrer Kuppel, die sich nicht mehr zwischen den Baumwipfeln wölbte, sondern am Boden lag, Messinstrumente und Spiegelglas begrabend, eine versunkene, stille Gleichwertigkeit, deren Nähe ich mied, als gelte es ein Geheimnis zu bewahren.

Das schmiedeeiserne Gestänge der Pforten war unversehrt. Vieles wuchs im jungen Grün, im Alt- und Totholz. Brombeeren, Brennnesseln, Hagebutten. Die umgekippten Bienenstöcke hatte ich aufgerichtet und mir vorgenommen, nach Büchern über Imkerei zu suchen. Survival-Ratgeber. Feuermachen für Anfänger. Überleben in der Wildnis. Ich wollte mir zum Schutz auch einen Hund anschaffen, Streuner gab es viele, darunter scharfe.

An einen Baumstamm gelehnt, saß ich neben der Grube, in der ich, sofern alles nach Plan verlief, mit Hilfe eines mit Pilzsporen versetzten Tuches vermodern sollte eines Tages. Mit einem Holzspan kratzte ich den Trauerrand aus den Fingernägeln, begutachtete danach die Sammlung kleiner Vorhangschlösser, wählte mit Bedacht, überlegte – entschied mich für ein türkises, halbrundes. Mit einem dicken schwarzen Stift schrieb ich „A & K“ auf das Schloss, die Farbe trocknete schnell. Auf dem Heimweg würde ich es an einen Maschendrahtzaun hängen, so gedachte ich der Menschen, die ich liebte. Die winzigen Schlüssel der Schlösser warf ich weg. Ein paar davon hatte ich geschluckt. Unfruchtbare Samen, mit der Ausscheidung verteilt in fußläufiger Umgebung.

Ich griff nach der Wasserflasche. Die zunehmende Absurdität meiner Gedanken war ein sicherer Indikator, dass ich zu wenig getrunken hatte. Gut, dass die Quellen nicht versiegt waren. Im Gegenteil. Sie überfluteten einen großen Bereich der Stadt. Eine Sintflut, dachte ich, und trank.

Wien? Alles Weiche verschwunden. Nur manchmal kam es zurück.

Es ging nicht an, immer zu arbeiten. Die Arbeit selbst war durchbrochen mit Phasen absoluter Verzweiflung. Da suchte ich eifrig und konzentriert nach Dingen, die sich gebrauchen ließen. Drang in verlassene Häuser ein, ohne mir Gedanken zu machen, ob die Mauern stabil genug waren oder mich erschlagen könnten. Und fand mich im nächsten Moment auf dem Boden zusammengerollt, Ellbogen an den Knien, das Gesicht in den Händen.

Die Größe des Schmerzes, die Vielfalt der Böden.

Ich lag in der verwüsteten Wohnung eines ehemaligen Freundes auf den Überresten des Teppichs. Zwar wusste ich, dass der Freund mit seiner Frau und den Kindern in der Gegend gelebt hatte, aber, was war schon Gegend. Oder Bezirk. Es gab keine Bezirke mehr, keine Stadtgrenzen und Orte. Folglich traf mich der Anblick dieses Teppichs unvorbereitet. Schwarz, weiß, mit eingewebten roten Blüten. Wahrscheinlich lag ich mehrere Stunden, ohne mich zu bewegen.

Die Trauer ist ein Fels.

Ich lag auf dem Kai am Donaukanal. Ich musste über die groben Blöcke klettern, früher Brückenpfeiler und -bögen, jetzt lästige Hindernisse. Rechts war ein übergroßes Auge, quer von einem Riss durchzogen. Ein Tag im letzten heilen Sommer. Ich hatte den Sprayern zugesehen, zwei Männer, eine Frau. Und lag nun, bis der Abend kam.

Oder der Rasen am Heldenplatz. Weit war ich ins Zentrum vorgedrungen. Fast guter Dinge, denn ich hatte schon einige Wochen überlebt, der Himmel war blau, die Luft warm, ein Plan geschmiedet und der mir eigene Fatalismus ein brüchiger, aber funktionierender Schild. Dann stand ich dort, wo wir früher oft gesessen waren. Junge Leute warfen Frisbees, spielten Fußball in kleinen Gruppen. Lagerten auf dem Rasen. Ältere Paare und einzelne Menschen, sich jagende Hunde. Wir saßen ganz ruhig, dein Kopf in meinen Schoß gebettet.

Ein dummes Frisbee, ein verblichener hellgrüner Plastikteller. An den Rändern zerkaut von Hundezähnen. Eingeklemmt unter einem Huf von Prinz Eugens bronzenem Pferd. Vom Sockel gestürzt. Ich lag auf dem Rasen, der eine Wiese geworden war, und weinte.

Sich aufzurichten, wie mühsam das sein konnte. Den Willen zusammenzusuchen, lauter Fetzen, die sich nicht ineinander fügten. Zumindest hatte ich eine Auswahl der kleinen Vorhangschlösser bei mir und den Stift, um sie zu beschriften. Schrieb die Anfangsbuchstaben der Familie des Freundes darauf. „S“ für die Sprayer. Und deinen und meinen Namen.

Ein Schloss befestigte ich in den Teppichfransen. Eines an der Bewehrung, die aus dem Brückenblock herausragte, direkt über dem Auge. Eines in einem Strauch am Heldenplatz.

ICH IV

Wien? Eiskalt. Weil Eis, weil zugefroren die Donau auf eine Länge von Kilometern wahrscheinlich, und so vielleicht der einzig begehbare Weg aus der Misere.

Ich stand am Ufer, wo das Wasser blockweise erstarrt war, und traute mich nicht, den Fluss zu betreten. Es war Schnee gefallen, sehr viel und dicht. Hoch lag er auf dem Eis, begradigte alles, eine Vereinheitlichung, dachte ich, eine Abmilderung. Eine Pause vom Unebenen. Wenn es nicht so kalt wäre.

Seit ich mir durch keine Scheu mehr versagen ließ, in fremde Häuser und Wohnungen einzudringen und mir zu nehmen, was ich brauchte, hatte ich genug anzuziehen. Es fanden sich kaum Spuren lebendiger Menschen, und die Toten kümmerten mich nicht. Viele waren schnell verwest, manche Leichen hatten am Ende des heißen Sommers wie verpuppt ausgesehen, wie in spinnfädrige Kokons eingewoben. Lange hatte ich davor gewartet im staubigen Licht, darauf, dass ein Finger zuckt oder ein Lid flattert, allein der alten Beschreibungen wegen. Dass sich etwas durch das Gewebe bohrt. Auf ein Stöhnen, gerade noch zu vernehmen. Aber nichts als das, was mir die Einbildung eingab. Diese von der Wirklichkeit zu unterscheiden, war einfach.

Wirklich waren: der vergangene Herbst, der Sternwartepark, in dem ich mein Lager aufgeschlagen hatte. Wirklich waren: die dort vergrabenen Töpfe mit Lebensmitteln aller Art. Wirklich war auch, dass ich nicht daran gedacht hatte, wie hart Frost den Boden macht. Ich war hungrig. Musste den Park verlassen. Musste mich mit einem Stock bewaffnen, weil die Zahl der verwilderten Hunde zugenommen hatte. Manche stürzten sich auf mich, nicht, um zu beißen, sondern um einen Menschen zu begrüßen. Die meisten aber waren misstrauisch und bösartig geworden.

Macht nichts, dachte ich. Kein Winter dauert ewig, der Frost wird kein Permafrost sein. Ich blickte, am Ufer der Donau stehend, weit in alle Richtungen. Der Schnee auf dem Eis knietief. Wenn, dann bräuchte ich Schneeschuhe. Oder Langlaufskier. Oder Schlittenhunde.

Schwarze Vögel versammelten sich auf der Reling eines festgefrorenen Wracks, es lag quer, halb versunken. Vom Blitzeis vor dem Untergang gerettet, mitten in der Donau, knapp oberhalb der Reichsbrücke. Auch von dort kein menschliches Geräusch, sollte ich wirklich die einzige sein, die noch am Leben war? Das war falsch, denn es gab Spuren und Geräusche, die nicht von Tieren oder der Natur stammen konnten.

Nur zeigte sich keiner. War das Misstrauen viel zu groß und das zu Teilende nicht mehr teilbar. Musste jeder schauen, wo er blieb, und vor allem, wie am Leben. Also duckte man sich. Ließ man sich auf nichts ein. Vielleicht, wenn der Frühling kam, dass man Gesellschaft suchen und möglicherweise sogar ertragen könnte. Pläne schmieden und Wissen zusammenlegen. Gemüse ziehen. Strom erzeugen. Die Stadt verlassen oder bleiben.

Noch war mir eher danach, in der Erde zu verschwinden. Ich hatte schon die Grube ausgehoben, in der ich liegen wollte. Was, wenn mit dem Frühjahr die Rettung käme, eine komplette Änderung der Situation? Auf diesen Gedanken konnte ich mich nicht einlassen. Er war nicht naheliegend. Naheliegend war allein der nächste Tag.

Wien? Endlich leer. Müdigkeit überrollte mich ständig. Ich wachte auf, die Lider schwer, die Wangen als trockene Last übers Gesicht gespannt, ich musste hingreifen und spüren, ob das noch Haut war oder schon Knochen, ob mir die Nacht das Fleisch weggefressen hatte, und nein, sie hatte nicht.

Immerzu war ich müde und durstig, ein Fluss, die Quelle von einer Kröte verstopft. Das war ein Märchen gewesen und jetzt Realität, obwohl: Realität gab es nicht mehr. Die Realität war in einem Ausmaß real geworden, sie hatte sich selbst außer Kraft gesetzt. Ich griff mir an die Wangen, spürte unter der Trockenheit Lebendiges und richtete mich auf. Die Augen geschlossen. Um sie zu öffnen, brauchte es einen Anlauf, der nur mit Mut zu schaffen war. Ich schlief bei jeder sich bietenden Gelegenheit, beim kleinsten Anzeichen von Erschöpfung. Lag in alten Betten, auf eleganten Sofas, mir stand die ganze Reststadt zur Verfügung. Die Höhlen und Bruchhäuser, die Teilstücke ehemaliger Wohnungen, all das war mein Revier geworden.

Ich schlief und wachte auf, an den verschiedensten Orten, zu den unterschiedlichsten Zeiten, sammelte Mut, bevor ich die Lider hob und mir versicherte: Es gibt dich noch als dich.

Einmal lag ich zehn Zentimeter neben einem Abgrund. Hatte eine Tür gefunden, dahinter eine Treppe, unversehrt, war das schmale Stiegenhaus hinauf, durch eine weitere Tür. Ich war, wie alle Überlebenden, dem Tagesverlauf völlig unterworfen: Sonnenaufgang, Tag, Sonnenuntergang, Nacht. Die Dämmerzustände dazwischen als Einleitung und Warnung: Verbirg dich, such dir einen Ort, der sich verschließen lässt. Der Raum hinter der Treppe ein Glücksfall, ich fühlte eine Matratze, einen Polster griff ich. Schlief ein und erwachte diese zehn Zentimeter neben dem Abgrund. Nicht im Morgenlicht. Mitten in der Nacht, in der Stunde des Wolfes, hätten wir früher gesagt und es romantisch gefunden. Ich erwachte, weil sich etwas regte oder ich etwas hörte. Gefahr half, die Augen sofort zu öffnen. Was nichts nützte in einer Neumondnacht der postelektrischen Zeit. Postdigital. Posthistorisch. Postalles. Über solchen Gedankenspielen konnte ich Stunden verbringen, wenn ich ruhig war. Nicht im Dunkeln herumtastete, ins Leere griff, die Handfläche über der Leere schweben ließ und diese Art kalten Luftzug spürte, der besagte, dass sich unter mir nichts befand, und zwar sehr viel Nichts. Sehr große Tiefe.

Der Erkenntnis und dem damit verbundenen heftig pochenden Herzen folgte die Diskussion. Praktisch hinein in die vom Adrenalin gezeichnete Erregungskurve, begann ich ein halblautes Selbstgespräch, fragte und hörte mir beim Antworten zu. Was wäre klüger? Und ja, wieder einzuschlafen und den Dingen ihren Lauf zu lassen, war in Situationen wie dieser immer eine Option gewesen, eine Verlockung.

Beides musste ich sammeln: Die ausreichende Anzahl an Gründen und den Mut, die getroffene Entscheidung durchzusetzen. Auch, wenn diese bedeutet hätte, zu hoffen, der Schlaf würde einer Narkose ähnlich sein, damit ich den möglichen Fall gar nicht oder wie im Traum wahrnähme und den Aufprall als kurzes finales Ereignis. Mehr Schreck als Schmerz.

Wenn ich daran zurückdenke, weiß ich, warum ich damals wachbleiben wollte. Ich hatte in den Monaten seit der Zerstörung Wiens viel Arbeit in das Projekt „Schöner

Sterben" investiert, der Aufwand sollte nicht umsonst gewesen sein. Ich hatte bis jetzt überlebt, um meinen Tod und vor allem die ordnungsgemäße Verwesung meines Körpers akribisch zu planen.

Im Sternwartepark war die Grube vorbereitet. Bei der Zucht von Pilzen auf Tüchern konnte ich nach vielen Fehlversuchen erste Erfolge vorweisen. In ein solches Tuch gewickelt, um den Leib beim Vergehen zu unterstützen, wollte ich in der Erde liegen und eins werden mit ihr. Eine Reminiszenz an meine Kindheit und Jugend. Aufgewachsen zwischen landwirtschaftlicher Widmung und kleinstädtischem Alltag. Jeden Herbst die umgebrochenen Äcker und ein damit verbundenes Sehnen, in dem etwas Beruhigendes mitschwang, eine Art Versicherung.

Folglich: Wenn es niemandem mehr gibt, der dich begraben kann, musst du dich selbst darum kümmern. Die Vorstellung, irgendwo achtlos zu verschimmeln, war mir unerträglich.

Ich wusste, jede Zelle trägt in sich das Enzym zur Autolyse. Nach dem Tod beginnt die Selbstverdauung, die Selbstauflösung. Das Abgestorbene frisst sich auf. Ein automatischer, sich ständig wiederholender Prozess, der immer da ist von Anfang an, im Kleinsten, in jedem Hautschüppchen, das man sich von der Fingerkuppe schabt. Bis zum Ende, bis zum Größten, wenn es aufhört, das Leben. Eine praktische Erfindung, so ein Körper, die Entsorgung im Lieferumfang inbegriffen.

Egal, wo es dich trifft. Noch vor den Bakterien, noch bevor ein Nager dir das Ohr abbeißen kann, das du nicht mehr benötigst, dessen Nährwert die Lebensspanne des Tieres jedoch entscheidend verlängert.

Darüber hatte ich viel nachgedacht. Besonders in Situationen, in denen ich kurz davor war, endgültig abzuschließen, halfen mir diese Gedanken. Wenn, dann richtig, sagte ich mir auch, als ich in der Stunde des Wolfes wenige Zentimeter neben dem Abgrund erwachte. Mein Körper ist mein Tempel, und ich bestimme über Art und Ort seiner Auslöschung.

Oder nicht. Letztlich war alles ein Kompromiss. Und ein Kampf, denn bis zur Morgendämmerung wagte ich kaum, mich zu bewegen. Ich sang in die Dunkelheit, sagte Gedichte auf, zwickte mich wechselseitig in den Handrücken der linken Hand, in jenen der rechten, riss mir Haare aus, als die Versuchung einzuschlafen fast übermächtig groß geworden war. Weinte, heulte, ließ jede Trauer zu, die ich verdrängt hatte, rieb mir die trockene Haut über den Wangen, bis sie brannte. Und rollte mich im ersten grauen Licht von der Bodenkante weg, kroch zurück zur Tür, setze mich auf die Stufen, den Kopf an die Wand des schmalen, intakten Stiegenhauses gelehnt, schlief ein.

Wien? Endstation. Die Zeit fühlte sich an, als wäre nur mehr eine einzige Entscheidung zu treffen. Sollte etwas an mich erinnern? In konkreter Form, für eventuell Nachfolgende? Hier ruht Frau Soundso, geboren und gestorben dann und wann. Mit oder ohne Spruch zur Besinnung. Wollte ich mein Grab für den Fall, dass man es findet, markieren?

Ich musste das nicht gleich entscheiden, es gab noch viel zu tun. So bastelte ich an einem Mechanismus, der die Grube zuschütten sollte nach meinem Tod. Allerdings war ich seit jeher ungeschickt gewesen. Meine Brüder hatten geerbt, was an motorischer Perfektion im Genpool der Familie vorhanden war. Sie bauten, konstruierten und entwarfen, modellierten und brachten alte Motoren zum Laufen. Aber ich? Völlig unbegabt. Dafür hatte ich alles. Nicht wild durcheinander, sondern fein geordnet. Man durfte in unserem Haushalt kein Essiggurkenglas wegwerfen, keine Plastikdose, sogar die Aufstrichbehälter wurden von mir gewaschen und verwendet.

Ich besaß: Glaskugeln in jeder Größe. Knöpfe. Ich sammelte Kronenverschlüsse, Bleistifte, Buntstifte, im Herbst Kastanien und im Frühjahr Kaulquappen. Eine Schachtel war voller Wollknäuel, den Großmüttern abgebettelt, eine andere enthielt Stoffreste. Meine Tante war Schneiderin, sie brachte mit, was unter den Zuschneidetisch gefallen war. Ich brauchte keine Puppen, keine Spielzeugküche, sondern fantasierte vor meinen ausgebreiteten Schätzen. Aus Stoff und Federn wurde ein königlicher Umhang. In allen Details sah ich ihn und mich damit gekleidet. Eine Decke aus tausend verschiedenen Fäden, ein Palast aus weggeworfenen Dingen, ich hatte sie gerettet, nun mussten sie mir dienen.

Ich war ein Kind gewesen, das mit gesenktem Blick durchs Leben lief, immer auf der Suche. Mit einer guten Vorstellungskraft und schlechten Händen. Ich, die Jüngste, brachte keinen geraden Strich aufs Papier, schnitt schräg und ungenau. Saß aber stundenlang bei meinen Schachteln und Kisten, berührte, roch, fühlte, sortierte. Träumte mich weg, kam zufrieden zurück. Was ich mir im Kopf erschuf, reichte mir aus. Es ins Reale umzusetzen, war nie nötig gewesen.

Und jetzt? Jetzt war es nicht nur nötig, sondern notwendig geworden. Das Sammeln blieb der leichtere Part. Ich hatte vieles gefunden und würde davon einige Zeit leben können. Auch Ideen waren genug vorhanden. Schwierig war, nach wie vor, die Umsetzung. Durch die Hände musste alles gehen. „Meine Knechte", nannte ich sie. „Dient mir", schrie ich sie an, „folgt, macht!" Langsam lernten sie dazu. Gegen Ende des Frühlings fiel die Holzkonstruktion nicht mehr um. Ich hatte sie im Sternwartepark um einen Stamm herum aufgebaut. Wieder und wieder aufgebaut. Unter ihrem Dach grub ich die Erde auf, die ersten Versuche, auf einem Leintuch Pilze wachsen zu lassen, fanden in diesem Verschlag statt. Bald lagerte ich die Experimente aus, da ich in der Nähe einen Erdkeller gefunden hatte, mit Steingewölbe und Flechten an den Wänden, mit Modergeruch und verstecktem Zugang.

Damals lebte ich nicht im Park, sondern in relativ großer Entfernung nahe meiner ursprünglichen Wohnung. Ein gewollter Umstand, der mich zur Struktur zwang. So fiel es mir leichter, die gewohnte Einteilung der Zeit beizubehalten: Montags bis Freitags waren Arbeitstage, Samstags räumte ich auf und erledigte kleinere Besorgungen, am Sonntag tat ich nichts. Ich zwang mich zur Ruhe und las ausschließlich Sachbücher. Über Imkerei, über Tomatenzucht, über Hundetraining.

An Wochentagen stand ich auf, sobald es hell geworden war. Machte mich nach dem Frühstück auf den Weg zur Arbeit, ging dabei durch immer andere Gebiete. Blieb kaum stehen, notierte aber auf einem Zettel Orientierungspunkte. Markierte Häuser und Grundstücke, die vielversprechend aussahen, weil offensichtlich nicht geplündert. Oder, was häufiger vorkam: zu hastig geplündert. Die Leute hatten keine Geduld. Man musste beim Suchen eine innere Kälte aufbringen, eine Art Unbeteiligtheit, jede Form nervöser Gier verschreckte das Brauchbare. Ich sah, machte meine Notizen, selten griff ich direkt zu. Das war eine Art Spiel: Würde das Ding, das ich mir für den Heimweg aufsparte, hier noch liegen am Abend? Falls nein, war mir jemand zuvorgekommen. Eine Methode der Menschenortung.

Im Sternwartepark rastete ich kurz. Dann baute ich weiter an den verschiedenen Konstruktionen, wässerte das Gemüse, das ich in kleinen Beeten heranzog, pflückte Schnecken von den jungen Trieben. Kümmerte mich um die Bienenstöcke. Aus Insektennetzen und einem Sonnenhut hatte ich mir eine Imker-Ausrüstung gebastelt, die Hände steckten in Topfhandschuhen. Trotzdem wurde ich oft gestochen, bis ich in den Ruinen einer Kirche den Weihrauchschwenker fand. Der Rauch beruhigte die Bienen. Die Nachmittage verbrachte ich im Keller, nach der Mittagspause, in der ich gegessen hatte.

Ich besaß eine mechanische Armbanduhr, musste diese somit jeden Tag aufziehen. Vergaß ich darauf, blieb mir nichts anderes übrig, als die Zeit nach dem Stand der Sonne zu schätzen. Punkt zwölf legte ich die Arbeit nieder, wie damals im Büro. Man hatte die Computer auf Standby gestellt und war in die Kantine gegangen. Man hatte Gruppen und Grüppchen gebildet, das Gesicht ins Tageslicht gehalten und sich gewünscht, ach, das möge immer so sein. Nicht mehr in die „Fabrik" zu müssen. In das Gestühle und Schreibtischgezwänge. Man hatte eine Zigarette geraucht und schnell einen Kapsel-Kaffee getrunken, spendiert von der Firma.

Ich hatte keine Kapseln. Nur Löskaffee. Einen Campingkocher, Blechgeschirr und Milchweißer. Meine Teeküche im Sternwartepark, unter dem Verschlag, bei der Grube. Und ich hatte zu rauchen begonnen, weil sich durch Nikotin der Hunger etwas unterdrücken ließ. Es war auch ein Zeitvertreib, das Rauchen, und es schmeckte mir außerordentlich gut. Ich wollte Haschisch probieren und bedauerte sehr, darin völlig unerfahren zu sein. In einem Eck des Parks zog ich Cannabispflanzen, aus einem Growshop im zweiten Bezirk gerettet. Manchmal stand ich unschlüssig davor. Wie sollte ich wissen, welchen Teil der Pflanzen man wann wie verwendet?

Nach der Beschäftigung im Keller räumte ich diesen auf, warf noch einen Blick zum Sternwartepark, überprüfte, ob das Tor verschlossen war und machte mich auf den Heimweg. Jetzt nahm ich mit, was mir, mit dem Abstand von ein paar Stunden seit der Entdeckung, wichtig erschien. Ging in einzelne Gebäude, fand, verwarf, säuberte und probierte.

Den Hund fütterte ich erst am Abend. Ich schob eine Schüssel frisches Wasser unter dem Gitter durch, die er sofort trank. Dann, soweit hatte ich ihn erzogen, ging er mehrere Schritte zurück und setzte sich. Der Hund sah mich an, ohne zu wedeln, viel wichtiger: ohne zu bellen oder zu winseln. Hätte er das nicht gelernt, diese stille Form des Abwartens, hätte ich längst die Tür zum Zwinger geöffnet und ihn vertrieben. Daher keine Vertrautheit, er durfte sich nicht an mich als freundliches Wesen gewöhnen. Und wie sonst hätte ich ihn verjagen können?

Der Hund beobachtete jede meiner Bewegungen. Ich füllte eine Schüssel mit dem trockenen Hundefutter, das ich säckeweise aus einer halbverfallenen Tierhandlung hierher geschleppt hatte. Erst wenn ich das Zeichen gab, durfte er sich bewegen. Ich setzte mich außerhalb des Zwingers auf den Boden, die Schüssel voll, der Hund drei Meter entfernt. Er blickte von der Schüssel zu mir und wieder zurück. Vor Aufregung begann sein Schwanz zu zucken und oft steckte ihm ein kurzes Jaulen in der Kehle, besonders, wenn ich ihn lange quälte. „Gut", sagte ich dann. „Iss." Das Tier war perfekt. Ich hatte vier andere getestet und zu erziehen versucht. Dieser war der Schlaueste von allen. Nach dem „Iss" stürzte er sich nicht wild auf das Futter. Sondern erhob sich, streckte die Glieder, trottete zur Schüssel und leerte diese zügig, aber nicht ungestüm. Das gefiel mir. Danach ruhte sich der Hund aus, den Kopf auf den Pfoten.

Vielleicht war es ein gegenseitiges Erziehen, denn jeden Tag legte er sich ein Stück näher an das Gitter. Ich blieb sitzen, wo ich war, las oder dachte nach. Die Distanz zwischen dem Hund und mir verringerte sich, bis er eines Abends – es war ein warmer Abend, Frühsommer, mild, eine Amsel sang – bis er neben mir lag, seine Haare drückten sich durch die Gittermaschen. Eine Einladung, der ich folgte: Mit einem Finger berührte ich leicht das Fell. Der Hund seufzte, die Rute schlug ein, zwei Mal.

Wien? Recyclebar. Oder Altlast. Sondermüll. Ein Reststoffsammelzentrum, durch das ich mit dem Hund wanderte, der eine Hündin war. Ich hatte ihr keinen Namen gegeben, ließ sie aber gewähren, wenn sie meine Nähe suchte. Was sie ständig tat, seit ich die Tür zum Zwinger geöffnet und nicht mehr geschlossen hatte. Blieb sie bei mir? Sie lief an meiner Seite, lag zu meinen Füßen. In der Nacht schlief sie so, dass ich die Wärme ihres Rückens spürte. Mir den Kopf auf den Oberschenkel zu legen, hatte sie nur kurz versucht. Da ich nicht reagierte, weder auf den tiefen Blick, noch auf die wedelnde Rute, gab sie auf und tat es lange nicht wieder.

Dabei wollten wir das Gleiche: Berührung. Die Hündin war groß, man konnte sie umarmen wie einen Menschen. Ich sehnte mich danach, meine Hände in ihr Fell zu graben, sie an mich zu ziehen, mit der Wange an ihrer Brust einzuschlafen. Man konnte dort ihr Herz hören, das nicht für mich schlagen sollte. Deswegen keine Spiele, kein: Hol das Stöckchen! Kein: Braver Hund. Kein Name. „Wir sind Partner", sagte ich zu ihr, „mehr nicht. Ich werde selten mit dir sprechen oder nach dir greifen, du bist frei zu tun, was immer du willst." Die Hündin nieste.

„Wir haben einen Vertrag", fuhr ich fort, ganz geschäftig, weil ich meine Stimme so selten gebrauchte. Ein besonderes Instrument, zu besonderen Anlässen hervorgeholt. „Ich füttere dich. Du leistest mir Gesellschaft und verteidigst meinen Grund und Boden." Das sei der Sternwartepark, erklärte ich ihr, wir wären auf dem Weg dorthin. „Bell", sagte ich. Die Hündin bellte. „Schweig." Sie schwieg. Ein Hundekeks wanderte von meiner Tasche in ihr feuchtes Maul, sie fuhr mit der Zunge schnell über die

Handfläche. Schmeckte das Salz und gewöhnte sich daran. An mich. „Mach das nicht“, warnte ich sie. „Ihr Hunde gewöhnt euch zu schnell an einen Menschen.“ Irgendwann würde es mich nicht mehr geben, dann müsse sie allein zurecht kommen und dürfe nicht leiden unter einem Verlust. Trauer war in meinem Sterbeszenario nicht vorgesehen.

Dem Ende ein kleines Stück zuvorkommen, das war das Ziel. Die Schmerzen nur ein wenig aushalten müssen, dann Schluss machen. „Ich kenne die Zeichen“, sagte ich zur Hündin, während wir durch die Ruinen gingen, wieder nahm ich einen anderen Weg. Vielleicht fände sich eine noch nicht leergeplünderte Apotheke. Ich hatte viele Schachteln des Medikaments, das ich nehmen sollte, gesammelt und vorsorglich die Dosis reduziert, obwohl die Internistin mir bei der letzten regulären Kontrolluntersuchung davon abgeraten hatte.

Drei Kapseln zu je 500 mg, eine am Morgen, zwei am Abend. Eine Änderung der Dosierung, so besagten neue Studien, könnten einen Krankheitsschub nach sich ziehen, egal, ob man zuviel oder zuwenig einnähme. Die Ärztin hatte sich die große Brille gerichtet, ich weiß noch, dass ich bei ihrem Anblick an eine Eule dachte. „Sie sind offenbar optimal eingestellt“, sagte sie, blätterte in meiner dicken Akte, von ihrem Vorgänger vor über zwanzig Jahren angelegt. Jetzt lag diese Akte irgendwo im Schuttgebirge, das früher das Allgemeine Krankenhaus gewesen war, mit seinen langen Gängen, beigen Wänden, orangen Böden. Mit all dem Personal. Nehmen Sie Platz in der blauen Wartezone, Sie werden aufgerufen. Wie oft hatte ich auf einem der harten Stühle gesessen und gewartet. Auf die Blutabnahme, die Befundbesprechung, auf Magnetresonanz und Ultraschall und Messung der Leberdichte, ein wenig grenzwertig manchmal, aber sonst: ein erstaunlicher Verlauf.

„Man hatte mir zwei bis sechs Jahre gegeben“, erzählte ich der Hündin, während wir gingen und nicht sicher war, wer wem folgte. Ein Mal führte ich, dann sie, ich bog links ein, die Hündin rechts. Ich wusste, wohin ich wollte, die Zacken und Türme, die das Unglück in die Stadt gebrochen hatte, waren eindeutig und aus der Ferne gut zu erkennen. Man hob den Blick und korrigierte die Richtung.

Mit Anfang zwanzig, nach Phasen bleierner Müdigkeit, nach einer Reihe von zunehmend schweren Koliken, hatte man mir die Gallenblase entfernt und in der Nachbehandlung festgestellt: Es lag eine Autoimmunerkrankung der Gallenwege vor, die sich sklerosierten, verknöcherten, verschlossen. Dieses Geflecht an Gängen, ein Netz zarter Zweige in der Leber, gestaut und überlaufend, weil keine Ableitung der Gallenflüssigkeit mehr möglich. Krampfige Schmerzen, eine eherne, zudrückende Faust im Oberbauch, anfänglich mit heiß-feuchten Leberwickeln zu behandeln, um die Stauung zu beseitigen, mit leichten Schmerzlösern, kleinen Tabletten. Bald musste der Hausarzt gerufen werden, um mir eine Spritze zu geben, auf die Spritze folgte die Übelkeit. Die Kolik war abgeklungen, ich kauerte im Badezimmer vor der Toilette und fürchtete mich, presste in rhythmischen Abständen Gallenflüssigkeit aus dem Magen.

Der Hündin erzählte ich das alles, hatte an vieles nicht mehr gedacht, aber so, zwischen den zerbrochenen Häusern und verschütteten Straßen, ließ sich gut reden. Dass alles schlimmer wurde, berichtete ich. „Hör zu“, sagte ich, weil die Hündin einer Spur nachschnüffelte. Dass eine Hausarztspritze bald nichts mehr half, die Rettung mich ins Krankenhaus bringen musste. „Stell dir vor“, sagte ich, „da hatte ich schon die roten Flecken vom Leberwickel, die Tabletten, die Spritze vom Hausarzt, dann erst die Rettung, bis wir in der Notfallambulanz waren, bis man mir die Infusion anlegte, bis endlich diese Krämpfe aufhörten.“ Aber was das für ein Gefühl war, wenn sich die Faust öffnete um die Leber. „Ich sag’ dir“, sagte ich, „dieser Friede war das Schönste.“ Um diesen Frieden zu erleben, hatte sich die Qual gelohnt.

Dann ebbte der Verlauf ab. Die Kapseln mit Ursodesoxycholsäure halfen. Die Koliken wurden seltener, und seit über fünfzehn Jahren gab es keine Probleme mehr. Die Krankheit sei „stationär“, hieß es, nun müsse man sie in diesem Stadium halten, die Therapie nicht verändern und zuversichtlich bleiben.

Drei Kapseln am Tag, gerechnet auf mein Gewicht. Natürlich hatte ich nach dem Unglück, das Wien zerstörte, stark abgenommen. Schlank und sehnig war ich geworden und sehr robust. Traute mir also zu, auf zwei Kapseln zu reduzieren. Trank ausgleichend Mariendisteltee, bitter tut der Leber gut. Und suchte nach Apotheken und in deren Überresten nach dem Medikament, von dem ich hochgerechnet an die dreißigtausend Kapseln geschluckt hatte.

Ich fand auch Mittel gegen den quälenden Juckreiz, den der Überschuss an Bilirubin verursacht, die Folge des Gallenstaus, ein Jucken dort, wo die Haut auf Widerstand trifft. Fußsohlen. Handflächen. Tief unter der Haut, durch Kratzen nicht zu besänftigen.

Ich fand vieles. Krampflösendes, Mittel gegen Übelkeit, zur Stärkung des Kreislaufs. Ich könnte mich eine Zeit lang selbst behandeln, sobald die Koliken wiederkämen. Dann würden sie stärker werden. Die Entzündung permanent. Fibrose, Zirrhose, Leberkarzinom. Frau wird gelbstichig, geht ein und krümmt sich wie etwas Vertrocknendes.

„Siehst du", sagte ich der Hündin, die nach der Tasche schielte, in der ich die Hundekekse aufbewahrte. „Soweit wird es nicht kommen." Sollte der Tanz von neuem beginnen, zöge ich das Sterben vor. In zwei Monaten, in vier Jahren. Vielleicht erlebte ich die Rückkehr der Menschen, ein Revival der Zivilisation. Wenn nicht, wäre es besser, mich aufzulösen, so schnell und gewissenhaft wie möglich.

Der Plan für dieses Ende war gefasst: Ungeachtet der Jahreszeit einen freundlichen, klaren Tag abwarten. Den Verschlag, der die Grube schützte, abbauen. Die Hündin füttern. Sie aus dem Park jagen. Das Tor versperren. Eine letzte Überprüfung aller Eingänge.

Am Abend dieses Tages den Cocktail mixen aus allem, was an geeigneten Medikamenten zur Verfügung stand. Mich, sobald ich ihn getrunken hatte, in die Grube legen, in das Pilztuch gewickelt. Über mir die schwarze Verästelung der Bäume, der hohe Himmel, das weiße Gestirn. Die Rampenkonstruktion mit frischer Erde bestückt, die Kerzen angezündet. Weit genug heruntergebrannt, setzten sie – laut Berechnung und wiederholtem Versuch – die Schnüre in Brand. Sobald diese rissen, kippte die Rampe und die Grube füllte sich mit Erde auf. Ich schliefe schon, wäre nicht mehr da. Zugedeckt, verschwunden, zur myzelienhaften Verteilung bereit.

Bis es soweit war, blieb genug zu tun. Je länger sich der erneute Ausbruch der Krankheit hinauszögern ließ, umso besser würde alles funktionieren.

Wir waren in meinem Keller angekommen. Die Hündin schnüffelte an den Vorräten. Der Vorsatz, wenig mit ihr zu sprechen, war schwer einzuhalten. Vor niemandem konnte ich mit meinen Erfindungen angeben, keinem erzählen, was mir gelungen war nach rastlosen Versuchen. Das große Pilztuch lag im hinteren Bereich des Kellers. Ich strich über seine kühle Fläche. Frische Sporen verzweigten sich darauf, der Stoff roch intensiv nach Erde. Ein altes Leintuch aus Öko-Baumwolle, präpariert mit einer satten Substanz, eingearbeitet und mit Zwirn fixiert. Viele Anläufe waren notwendig gewesen, ein lange anhaltendes Scheitern. Ich führte Aufzeichnungen, notierte Zusammensetzungen. Las Bücher über Chemie, über Pilze, über Bodenbeschaffenheit.

Tote Tiere zu finden, wurde allerdings immer schwieriger. „Das ist deine zweite Aufgabe“, sagte ich zur Hündin, und ließ sie an einer Ratte riechen, ich hatte sie am Vortag einer großen Katze abgejagt. Die Hündin war interessiert, wollte mir mit den Zähnen den starren Leib aus der Hand nehmen. „Nein“, sagte ich. Sie setzte sich und beobachtete, wie ich die Ratte in eines der vorbereiteten kleineren Tücher schlug, dann begleitete sie mich in den Park.

Dort, wo ich das Bündel vergrub, steckten Schilder in der Erde, darauf vermerkt Datum, Liegetiefe, verwendetes Material, Verwesungszustand des Tieres bei der Beisetzung. Nach einer Woche grub ich die Exponate aus und dokumentierte den Fortschritt der Verwesung und der Zersetzung des Tuches. Waren Maden am Werk? Geruch und Konsistenz? Welche Sporen unterstützten die Autolyse am besten?

Die feuchte Nase der Hündin war mit Erdkrumen verklebt. Sie hatte den Sternwartepark erkundet, während ich mit meinen Untersuchungen beschäftigt war. Kletten steckten ihr im Fell. „Komm her“, sagte ich und lächelte, als sie sich vor mir auf den Rücken drehte, den Kopf zur Seite, die Beine angewinkelt. Ich kraulte ihr den Bauch, die emotionale Distanz zwischen uns ließ sich nicht aufrechterhalten. „Wie alt du wohl bist?“, überlegte ich laut. Die Hündin brummte.

Vielleicht überleben wir beide, dachte ich, es kommt die Rettung, ein Trupp Helfender, eine Armee, eine Expedition in das verwüstete Land, wissenschaftliche Forschung. Urbaner Urwald in Reinkultur. Unberührte Stadt nach deren Eliminierung, ein Experiment auf unsere Kosten: Kollateralschäden inbegriffen. Finger weg nach der Destruktion. Man lasse das Recht des Stärkeren, Klügeren, des Glückhafteren gelten, zeichne alles auf für spätere Anlassfälle, ziehe Schlüsse, verwerfe das Ergebnis und suche Kompromisse.

„Für heute sind wir fertig“, sagte ich und stand auf. „Komm, wir gehen heim.“ Bald wollte ich uns eine Bleibe näher am Sternwartepark suchen. In ähnlicher Gehweite wie der Keller, idealerweise eher südwestlich gelegen, das ergäbe ein fast gleichschenkeliges Dreieck, die Vorstellung beruhigte mich. Und käme es zum Allerletzten, würde ich der Hündin, bevor ich sie verjagte, ein kleines Schloss ans Halsband hängen, versehen mit meinen Initialen.

WIENER KINDL

WIENER KINDL I

„W...“, versuchte das Kindl. Stellte eine Frage auf, sein Gesicht ein Zeichen. Hatte alles einen Namen gehabt, bevor es ein Pelz geworden war, ein Pfötchen. „Krschh“, machte das Kindl, Zähne zeigend, zwei Reihen, ganz ordnungsgemäß. Fiel einer dem Kindl aus dem Mund, stopfte es seine Zungenspitze in die Lücke. Die Hunde berochen den Zahn, das Kindl, den Zusammenhang. Verzogen sich, verschwanden einzeln oder in kleinen Gruppen, kamen zurück, weil das Kindl sie an ihre Menschen erinnerte, die unter den Trümmern lagen oder nach dem Unglück, nach dieser Irritation, aus der Stadt geflüchtet waren. Ohne sie mitzunehmen. Ohne ihnen das Halsband abzunehmen und das Brustgeschirr. Manchmal hielt sich das Kindl daran fest. Lag quer über dem Rücken eines schwarzweiß Gefleckten, der es sich gefallen ließ und ein paar Schritte ging. Bevor er sich von der Last befreite; brauchte sich nur zu setzen, das Kindl rutschte ihm vom Fell. Oft lief der Hund davon, durch Lücken und Bruchstaub. Durch rote Ziegelblüten und Gestrüpp den immer gleichen Weg, dorthin, wo alte Gerüche ihn nach wie vor verwirrten und er sich setzte, wartete, ob nicht doch.

In der Dämmerung kam er wieder, noch vor der Nacht, alle kamen wieder, manche hatten gefressen, die meisten nicht, furchtbar mager waren sie nun schon seit Wochen. Das Kindl aber, stärker geworden in der Zwischenzeit, spielte Xylophon auf ihren Rippen.

Am Abend, bevor Wien zerstört wurde, vielleicht nur Wien, vielleicht das ganze Land. Damals, an jenem Abend, hatte sich die Mutter über sein Bett gebeugt, die dünnen Hände des Kindls gefaltet, ein kleines Gebet gesprochen. So eine Mutter war das gewesen. Mit dem Daumen das Kreuzzeichen auf die Stirn. Hat nicht geholfen. Am Morgen danach stand der Himmel offen über dem Kindl. Wo sich ein Mobile aus Origamivögeln gedreht hatte, flogen echte Vögel weit oben zwischen Wolken und Sonne. Das Kindl streckte einen Finger ins Blau, spürte die kühle Luft und nieste, hing noch Staub darin.

War vorerst still geblieben. Es ließ sich schwer zum Reden bringen, womöglich eine Verstockung oder die Verzögerung der sprachlichen Kompetenz, dem zu geringen Wuchs und dem schwachen Knochenbau entsprechend. Hatte oft zu Streit geführt in der Familie, die zwischen Verzärteln und strenger Hand geschwankt war. Ein unruhiges Schiff. Es hieß, das Kindl käme nach einem Onkel oder einer Cousine, klein und sprechfaul bis zum Tod.

Lange starrte es durch den offenen Plafond den Vögeln nach. Das Draußen: ein Drinnen. Dachbalken, ins Zimmer gestürzt, hatten durch eine Verkeilung das Gitterbett vor fallenden Ziegeln und Holzsplittern weitestgehend geschützt. In diesem Sinn war es ein Glück gewesen und hatte die schwankende Mutter Recht gehabt, das Gitterbett vorerst zu belassen. Ein Jahr noch, wie sie meinte, denn fiele das Kindl in der Nacht aus dem Bett, könnte es sich die Knochen brechen. Sicher würde es stärker werden mit der Zeit, und die Medizin schreite ja voran.

Die Medizin allerdings, die in Form von Medikamenten und einer Flasche klebriger Flüssigkeit auf dem Schrank gestanden war, lag verschüttet auf dem Boden. Die Tabletten, in Viertel geteilt zum einfachen Schlucken, zwischen den Scherben der Flasche. Das Kindl hatte diesen Saft geliebt. Jeden Tag ein Löffel. Der Löffel war ein besonderer, silber, man vererbte nicht nur Krankheit und schlechte Gene in der Familie.

War also aufgewacht an jenem Morgen, hatte geschaut und gelauscht, hatte sich an den neuen Zustand des Zimmers gewöhnt und an die Geräusche, die nicht von den Eltern kamen und den Geschwistern. Keine Schritte auf der Treppe, keine Türen, die auf- und zugingen, kein Wasserrauschen aus Toilette und Bad, kein Streit zwischen den gesunden Brüdern, die um diese Uhrzeit sonst aneinander vorbeidrängten hinunter in das Esszimmer, wo die Zugehfrau das Frühstück bereitet haben sollte. Damit die Mutter sich dem Kindl widmen konnte, ein Tablett über die weichen Teppichstufen hinauftragend, aber nichts würde das Kindl anrühren, erst wollte es die Medizin. Presste vorsorglich die Lippen zusammen. Der Silberlöffel glänzte zwischen den Ziegeln.

Rannte niemand, drängte niemand, kam niemand. Es gab keinen mehr, der die Stufen heraufgehen könnte, es war sogar fraglich, wie lange die Statik den noch bestehenden Hausrest aufrechthalten würde. Ein Knirschen und Rucken. Ab und zu fiel etwas von der Fassade in den Kies der Einfahrt oder in der Ruine selbst ungehindert vom obersten Stockwerk ins Erdgeschoss. Dann heulten Hunde im Garten, bellten vielstimmig und lang, war schwer, Beruhigung zu finden. Bald schrie das Kindl und weinte auf seine Art.

Der weitläufige Rasen, der einzige Platz in der näheren Umgebung, der sicher war vor um- und abstürzenden Gegenständen, dort hatten sich die überlebenden Hunde der Nachbarschaft versammelt, verwöhnt wie das Kindl, hatten die Bedrohung gespürt einen Augenblick vor der Vernichtung, waren geflohen im letzten Moment, sich außer Reichweite von Bäumen und Mauern zusammenrottend.

Auch das Kindl musste fort. Es war wieder in den Zustand der leeren Starre verfallen, der in der nahen Kinder- und Jugendpsychiatrie als Hinweis auf die zu erstellende Diagnose bezeichnet worden war. Maßgeblich und relevant. Lag das Klinikschreiben, datiert vor wenigen Tagen, in einem Kuvert unter Tonnen von Schutt, der Vater nicht weit daneben. Aber letztlich war es eben diese leere Starre, die das Weinen unterdrückte, die das Kindl aus dem Bett klettern ließ, sich an spitzen Ziegelkanten die Haut ritzend. Der Pyjama riss an beiden Knien und dem rechten Ellbogen. Stoisch weiterkriechend, dem Bellen der Hunde nach, das anhob mit jedem lauten Geräusch, wie jenem, wenn das Kindl mit einer Treppenstufe, weil sie einbrach, ein heftiges Stück nach unten plumpste. Worauf die Hunde fast hysterisch kläfften, alle das Gesicht nach dem sich immer weiter neigenden Gebäude gerichtet, wieder still wurden, die Schwänze steif nach oben gereckt.

Ein Großer mit breitem Kopf und kleinen Augen stürmte vor, als sich dort, wo gestern noch das Haustor schwer verschlossen war und wo dieses heute flach am Boden lag wie nicht zugehörig, als sich dort das Kindl zeigte beim letzten Absatz der Treppe. Der große Hund rannte, getrieben vom Gebell der anderen, verbiss sich im Pyjamastoff und zog das Kindl über die Schwelle, über den Kies – hier schrie es auf vor Schmerz –, über den Rasen, allen Hindernissen ausweichend, auf die freie Fläche.

Keinen Augenblick zu spät war es gewesen. Was vom Haus übrig geblieben war, stürzte endgültig in sich zusammen. Im ersten Reflex sprangen die Hunde Richtung Hecke, wollten durch das Loch auf die Straße schlüpfen. Sie zwickten sich im Gedränge in Läufe und Flanken, bis einer, dann noch einer zum Kindl blickte und dieses ruhig saß, wo sie es zurückgelassen hatten. Den Silberlöffel hielt es in der Faust und die erhoben zu den Trümmern. War das die Sehnsucht nach Normalität bei den Hunden, nach Vertrautem, nach Ordnung und Befehl? War es Angst, weil die ersten von der verwüsteten Straße gleich wieder in den Garten wollten? Sie liefen zum Kindl und lehnten sich an dieses, schleckten ihm Gesicht und Hände. Lagen hechelnd oder mit den Köpfen auf den Pfoten dicht bei diesem letzten Menschen, den sie hatten.

Hin und wieder wurde einer unruhig. Erhob sich, streckte den Körper, gähnte, trottete zum Kindl und schnüffelte daran. Erkundete in engen Zirkeln den Garten, sich nie zu weit entfernend. Hob ein Bein oder hockte sich hin, urinierte, setzte Kot ab, trank aus dem Zierteich, in dem sich der inzwischen fahlgelb verhangene Himmel spiegelte, tappte nach den Kois, die sich im Schilf versteckten oder tot an der Oberfläche trieben, wie die Frösche, denen im Sog des Unglücks die Schallblase geplatzt war.

Legte sich ein Hund wieder zur Gruppe, erhob sich der nächste, gähnte, streckte die Beine, zog seine Runde, urinierte, trank, sah nach den Fischen. Die Wangen des Kindls glänzten vom Speichel. Hatte es genug von einer feuchten Zunge, schlug es mit dem Silberlöffel kräftig auf die Schnauze des jeweiligen Hundes. Der zog winselnd den Schwanz ein, krümmte sich und präsentierte, auf dem Rücken liegend, die Kehle. Bis zum Mittag waren die Rollen im Rudel bestimmt.

Bis zum Mittag war auch die Windel entfernt, die das Kindl in der Nacht trug, der Vater hatte sich in dieser Sache durchgesetzt. „Du ziehst sie vor dem Schlafengehen an“, hatte er vom ihm verlangt, „und am Morgen ziehst du sie aus und zeigst sie her.“ Jedes Familienmitglied musste, bevor es das Haus verließ, ins Zimmer des Kindls gehen und fragen: „Trocken oder nass?“ Jeden Morgen. Nur diese Frage. Keine Konsequenz.

Nachdem alle Hunde sich im Wechsel erhoben und erleichtert hatten und in Folge aus dem Teich getrunken, stand das Kindl auf. Unsicher, stützte sich am Hund mit dem breiten Kopf und den kleinen Augen, der nicht mehr von seiner Seite wich. Nummer zwei im Rudel, schon knurrte er leise, näherte man sich ihm zu hastig an, zu wenig devot. Das Kindl stakste vorsichtig ein Stück, hielt sich dann mit der rechten Hand am Brustgeschirr des Großen, streifte mit der linken Hand Hose und Windel ab, hob die Windel und zeigte sie den liegenden Hunden, die mit den Schwänzen klopften. „Na“, sagte es, „na“. Es ließ sich zu Boden fallen, kroch zum Teich und schöpfte sich Wasser in den Mund.

Dieses Wasser erbrach es wenig später. Das Kindl würde viel lernen müssen, falls es am Ende des Sommers noch am Leben sein wollte. Auch, sich auf kältere Nächte vorzubereiten. Aber an diesem ersten Tag galt es nur, ihn zu überstehen, denn die Welt, die Stadt hatte sich gesetzt und neu geordnet, mit Gräben und Verschiebungen.

Der Pavillon hinter dem Zierteich zählte zu den wenigen fast unversehrten Dingen. Er war vor zwei Jahren errichtet worden, ein modernes Metallgestell mit weißem Stoffdach, das sich durch eine kleine Kurbel mechanisch auf- und zuziehen ließ, drei Seiten verschlossen von groben Gittern. Diese Gitter waren teils aus der Verankerung gebrochen, die Kraft der Kletterpflanzen hielt sie jedoch an Ort und Stelle. Gartenmöbel mit weichen Pölstern lagen umgekippt auf dem roten Terrakotta und versperrten den Zugang. Das Kindl stemmte sich gegen ein solches Hindernis, bahnte sich mit viel Mühe einen Weg und verschwand hinter einem Tisch.

Nummer 2 wich zurück. Stand, schwanzwedelnd, vor dem Pavillon, unschlüssig, ob er den Schutz des freien Firmaments verlassen sollte. Ob sich ein Instinkt meldete, der riet, keinem Dach zu trauen. War aber jeder Instinkt überlagert von der Sehnsucht nach dem Menschen; trat auf der Stelle, der Hund, schwankte, wie die Eltern geschwankt hatten, was eine alte Hündin mit blondem Fell ausnützte. Dem Kindl nachschlüpfte in sein Nest aus Pölstern. Sie hatte im Unglück den letzten Wurf verloren. Fünf Welpen waren es gewesen, ein Kindl gab's zum Tausch.

Der Große wachte am äußersten Rand des Pavillons. Die anderen Hunde lagerten in der Nähe. Eine fremde Stille lastete über allem, versetzt und verstärkt durch Geräusche des Niedergangs.

Hungrig waren sie. Routinen gewöhnt. Längst wäre die Schüssel voll gewesen an normalen Tagen, am üblichen Platz. Schon liefen zwei, ein kleiner Gelockter und eine noch Kleinere, zum Loch in der Hecke, wollten nach Hause, ein Stück den Hügel hinab. Sie fanden sich nicht mehr zurecht. Jeder vertraute Weg war verschwunden, in einem Graben rauschte ein nach Jahrzehnten der Verbauung befreiter Bach.

Aber was fressen? Am mittleren Nachmittag begann das Kindl im Inneren des Pavillons zu jammern, die Starre hatte sich gelöst, und nun heulten alle Hunde wie auf Kommando. Stimmten fremde Rudel aus der Ferne in das Heulen ein, es setzte sich fort über die verlorene Stadt. Aufbruch, nicht mehr warten, ob ein Jemand eine Schüssel füllt, eine Dose öffnet oder beim Essen etwas fallen lässt. Manche von den Hunden, vor allem die kleineren, hatten in Kaffeehäusern zum Ekel fremder Menschen den Teller ablecken dürfen. Sie beherrschten die Kunst, direkt aus einem alten Mund, dem der Lippenstift in die Falten lief, Kuchenstücke zu pflücken und Küsschen zu geben dafür. Eine brotlose Kunst, hätten sie besser gelernt, die toten Fische aus dem flachen Teich zu angeln, auf den sich jetzt alle stürzten, nicht auf ihn, sondern um ihn herum, Wiewohl der Große, Nummer 2, mitten hindurch hetzte, das Wasser spritzte nur so. Dahinter sprang eine Katze zwischen den Rabatten, einen Frosch im Maul, war schon in einem Busch, in einem Baum, auf einer Mauer, war schon weg.

Das Kindl hatte am Pavillon dem Aufruhr zugesehen und sah jetzt die Hunde wieder zum Teich stürmen. Bald zappelten am Ufer Kois und wurden Frösche gekaut, als handelte es sich um Vollkostbrocken mit Truthahn, Feuchtnahrung mit Rind. Trockenfutter Junior, Adult, Senior.

Einem Hund, der sich zum Fressen in seiner Nähe niedergelassen hatte, schlug das Kindl mit dem Löffel kräftig auf den Kopf. „Mia", sagte es. Sofort ließ er ab vom rohen Fisch. Das Kindl konnte sich jedoch nicht entschließen, ihn zu essen, fehlte ihm noch ein Stück Hunger. Zudem war es klüger, als es durch seine Wortlosigkeit, die Zustände der leeren Starre und den nicht adäquaten Körper schien. An manchen Tagen hatte man es in den Garten gebracht und in der Sonne sitzen lassen, zur Bildung des wichtigen Vitamins D. Es wusste, an welcher Seite des Hauses die Speis gewesen war, eine Vorratskammer, das Fenster mit einem Fliegengitter versehen. Direkt davor ein junger Feigenbaum, der das Fenster verschattigen sollte und, wie das Kindl, nicht schnell genug gewachsen war. Der Streit der Eltern über die Frage, den Feigenbaum auszureißen und durch eine wuchernde Weigelie zu ersetzen. Oder ihn zu behalten, ein Jahr noch, sicher würde er stärker werden mit der Zeit, und der Dünger würde helfen.

Das fremde und schöne Wort Weigelie hatte sich das Kindl gemerkt, ohne es aussprechen zu können, und wo der Feigenbaum immer noch stand, zerrupft und nur ein wenig schief. In die andere Richtung war das Haus gekippt, hatte sein Geröll zwar um den Stamm gelegt einen guten Meter hoch, aber ihm nicht weiter schaden können. Zitterten die Blätter, rutschten Brocken nach. Knisterte es an den Stellen, wo sich die gekappten elektrischen Leitungen entladen hatten. Eine bronzene Klangschale lag verbeult und halb mit Steinen gefüllt. Von der Mutter war sie verwendet worden, um ein metallisches Singen im Leib des Kindls zu erzeugen, die kalte Schale auf dessen mageren Rücken gepresst, den Rand wieder und wieder mit einem Holzklöppel angerieben.

Es dauerte seine Zeit, aber schließlich war das Kindl mit Hilfe der Nummer 2 an den Feigenbaum herangekommen, saß im Schutt und leerte die Steine aus der Schale. Dann schlug es laut und fest und lang mit dem Silberlöffel darauf. Der menschentypische, mechanische Ton lockte die Hunde von den Fisch- und Froschresten weg zum Kindl, das „Gon“ schrie. „Gon!“ Als wäre ein Festmahl angerichtet. Dosen über Dosen steckten im Schutt. Unbrauchbares, wie Reis und Mehl. Rohes Gemüse, zerquetschtes Obst. Oben auf dem Haufen, noch etwas außer Reichweite, Packungen mit Keksen, für den Sonntag gedacht, für brave Kinder.

Das Kindl würde lernen müssen, die Dosen zu öffnen. Den Futterneid der Hunde und die Hunde selbst mit dem Silberlöffel zu beherrschen. Kot abzusetzen an geeigneten Stellen, die fremden Welpen zur Seite zu schieben, die an den Zitzen der alten Hündin saugten.

Damals aber, an jenem ersten Abend, steckte das Kindl seine Faust in eine zerrissene Schachtel Zwieback und aß unter Beobachtung der Hunde. Gab diesem ein wenig und jenem ein wenig, lauschte über die Hecke hinaus in die Dämmerung und erinnerte sich dabei an das Versprechen der Mutter: Die Stadt werde einst auch ihm gehören, es werde sich dort frei bewegen können, es müsse nur gesund werden, hoffen und beten. In der Schöpfung liege nichts Falsches, und der Herr im Himmel werde helfen.

– – –

Mit der Stadt war bald die zu messende Zeit verschwunden. Nacht, Morgen, Hunger und Schlaf wiederholten sich wieder und wieder. Suchen, finden, ausprobieren. Erste Sommergräser siedelten in den Trümmern. Längst war der Teich leergefressen, waren Konserven und faulende Vorräte im Pavillon angehäuft. In mühseliger Langsamkeit dorthin gebracht, dabei die Beine, die Muskeln gestärkt. Von wegen Zauber. Von wegen beten und hoffen. Werkzeuge verwenden, Deckel aufklopfen! Man muss sich zu helfen wissen, die Hände gebrauchen und den Instinkt.

„Gschh“, zischte das Kindl und alles Winseln verstummte. Jemand streifte an der Hecke entlang, schrie und schimpfte dabei ins Leere. Ein Verrückter, tobend. Der einzige andere Mensch bisher. Sie hatten sich an ihn gewöhnt und lauschten ihm nach. In groben Abständen tauchte er auf, manchmal Unverständliches murmelnd, meistens aber schrie der Mann. Und wäre er still gewesen, weil lauernd und auf der Suche, und hätte es daher gewagt, sich einen Weg in den Garten zu bahnen: Er wäre nicht weit gekommen, bei all dem gesträubten Fell.

„W…“, versuchte das Kindl, war ein Wort dahinter, wollte nicht heraus. Es fürchtete sich vor diesem Fremden und hatte zugleich Angst, dass er verschwinden könnte aus der Umgebung. Das hätte ihm das Verschwinden aller Menschen aus der Welt bedeutet.

Das Kindl hielt sich am Brustgeschirr fest, stand auf, schob den Hund fort und fiel nicht um. Es ging gute zehn Meter, bevor es die Hand ausstreckte nach Nummer 2. Im Stehen rastete, wartete, bis sein Herzschlag sich beruhigte. Dann weiter. Keine Mutter, kein Vater, niemand außer den Hunden, um seine Fortschritte zu sehen. Die Katze in den Büschen, die Vögel in den Bäumen. Brandflecke im Gras, frische und verheilte Narben auf der Haut. Streichhölzer und Feuerzeug, in einer Blechdose gefunden, locker vergraben zwischen den Wurzeln der Magnolie. Zigaretten und ein altes Schweizermesser, dessen Mechanik das Kindl bald durchschaut hatte, deuteten auf ein Versteck der Brüder hin, ein nachträgliches, ein unbeabsichtigtes Geschenk.

Warum sprechen und zu wem? Das Kindl sah keine Veranlassung. Die Hunde hörten auf Gesten, Laute und mechanisch erzeugte Geräusche. Löffel auf Metall. Es konnte somit den Mund geschlossen lassen, sofern die Nase frei war und nicht rotzverkrustet.

Gerade hatte sich alles und jedes ein wenig eingerichtet: die Hunde und ihr Menschlein in Garten und Pavillon, die zerbrochenen Gebäude und freigelegten Bäche im zurechtgerüttelten Stadtgebiet. Das neu gestaltete Umland blieb ein zu erkundendes Rätsel, bislang ließ sich darüber wenig sagen.

Das Kindl war am Leben geblieben, obwohl es keine Medikamente mehr bekam. Zwei der Hunde hingegen waren verstorben, einer fünf, ein anderer acht Wochen nach der Unglücksnacht, sein Leichnam lag nicht weit vom Pavillon entfernt. Das Tier war eines der wenigen gewesen, dessen Name das Kindl kannte. Dux, die deutsche Dogge der Nachbarn, war oft am Zaun gestanden, hatte ihm die Hand geleckt, bis sie von den Brüdern oder der Haushaltshilfe verscheucht worden war. Man erwähnte Bakterien im Hundemaul, die Krankheiten erzeugen konnten. Dux auf der einen Seite und das Kindl auf der anderen, mussten sich somit mit distanziertem Kontakt begnügen und nutzten daher, als niemand mehr die körperliche Nähe verbieten konnte, jede Gelegenheit zur Berührung.

Wobei sich Dux von Nummer 2 nicht stören ließ. Er ignorierte alle Versuche des Hundes, ihn zu dominieren. Dux war für Doggenverhältnisse sehr alt geworden, seine Schnauze grau, sein Wesen überaus ruhig. Wurde er von Nummer 2 in die langen Beine gezwickt, schnappte er in dessen Richtung, was genügte. Die Dogge war, wie das Kindl, sehr still. So saßen sie zusammen, oder lagen, der Hund weit ausgestreckt, das Kindl an seinen Körper gelehnt, in der Sonne.

Bald zeigte sich, dass es Dux nicht mehr lange gut gehen würde. Wie dem Kindl war auch ihm tagtäglich Medizin verabreicht worden, Nieren und Herz funktionierten nicht mehr von selbst. Davon konnte keiner etwas wissen, und was hätte dieses Wissen gebracht? Angst und vorzeitige Trauer. Dem Kindl fehlten die Tabletten und der Saft nicht, und dem Hund war alles ins Futter gemischt worden, er war nur ein Haustier gewesen und als solches abhängig von Gnade und Liebe seiner Besitzer. Deklariertes Eigentum, nach dem Verlust von Haus und Heim, von Herrchen und Frauchen und den ebenso gewohnten wie beruhigenden Routinen, hatte für Dux somit ein kurzer Abschnitt neuen Lebens begonnen. Durchaus als Befreiung zu verstehen. Es gab zwar keinen dicken Teppich mehr, keine Hausherrenfüße, auf denen Dux die Schnauze lagern konnte, um mit dem beruhigenden Geruch in der Nase der nächsten Fütterung, dem nächsten Spaziergang entgegenzudösen. Dafür war es warm, sonnig und der Platz vor dem Kamin leicht zu entbehren. Ebenso leicht war das Gefühl im Hundeleib. Kein regelmäßiges Futter bedeutete auch keine untergemischten Medikamente und somit keine Nebenwirkungen.

Ein kurzer Frühling für den alten Dux. Ein letztes Sich-Erheben vor dem Tod, wobei dieses Erheben nicht wörtlich gemeint war, die meiste Zeit lagerte der Hund, zehrte von seinen Fettreserven. Als sparte er seine Kraft für besondere Momente. Als da wären die plötzlichen Jagden auf Katzen, Ratten, Eichhörnchen und Vögel, die sich in den Garten wagten. An denen sich das Kindl nicht beteiligte, dazu war es bei weitem nicht kräftig genug. Anders Dux, der den Kopf hob, sobald Nummer 2 ein kurzes Knurren hören ließ. Manchmal war es die Dogge selbst, die den Eindringling entdeckte, die, ohne die Stellung zu verändern, den Körper hingestreckt, das Maul im kühlen Gras, nur mit den Bewegungen der Augen etwas Kleines, Flinkes verfolgte. Das keiner der jungen Welpen war, die sich durch den Garten warfen, über- und ineinander verkeilt und verzwickt. Das auch nicht der Kleinste aus dem Rudel war, ein schneller Jack-Russel auf vier kurzen Beinchen.

Dux wartete auf das Zeichen zum Aufbruch, hoffte vielleicht, sofern ein Tier hoffen kann, darauf, dass dieses durch ihr Revier huschende Wesen von den anderen nicht entdeckt werden würde. Um liegen bleiben zu können. Um nicht aufspringen und mitjagen zu müssen. Höchstens zuckte Dux ein Muskel in den hinteren Läufen, das Kindl spürte es, saß es beim Hund. Der die Augen schloss, sobald das Ding aus seinem Gesichtskreis verschwunden war. Der aber unvermutet aufsprang, hinter der Gruppe her rannte, die eine Katze, eine Ratte, ein Eichhörnchen zu schnappen versuchte als Einheit, die von Dux sogar überholt werden konnte mit seinen langen Schritten und Sprüngen. Er bellte mit, er gab der Gruppe seine Stimme, der Geifer flog ihm um die Lefzen und sprühte die Kollegen ein. Einmal rempelte er im Gefecht Nummer 2, stolperte über die Welpen, sie waren ihm zwischen die Beine geraten und winselten vor Schmerz.

Keine Rücksicht konnte der Hund nehmen, waren es doch seine letzten Ausbrüche, spontane Zugeständnisse an das Leben – und immer gleich endend: das gehetzte Tier verschwunden, das Rudel noch lange aufgewühlt und hysterisch, Dux liegend und tief atmend, fast bewusstlos für Stunden.

Je besser und schneller das Kindl darin wurde, sich von A nach B zu bewegen, je sicherer sein Gang, umso schwerfälliger und langsamer wurde die Dogge. Nach einem Gehetze um die Mittagszeit brauchte Dux bis zum späten Nachmittag, um sich davon zu erholen. Bald lag er bis in die Nacht hinein in einem Winkel. Dem Kindl fehlte der Hund, es ging ihn suchen, zog und zerrte am Halsband, bis Dux nachgab, sich mühsam aufrichtete und ihm folgte.

Oft schleppte das Kindl Kissen aus dem Pavillon zum halbtoten Hund. Belud Nummer 2 mit Decken, vielleicht trug er diese so willig, weil er um das nahe Ende des Konkurrenten wusste. Oder es erahnte. Hunden wird jedes Wissen abgesprochen, ein Tier sei rein instinktgetrieben, es fehle ihm an menschlicher Intelligenz. Nicht mehr wäre es als eine seinem Herrn untergeordnete Kreatur. Wer hatte das gesagt? Das Kindl erinnerte sich an einen älteren Herrn, der zu allen heiligen Zeiten zu Besuch gekommen war, ein Pastor, Freund des Hauses, Studienkollege des Vaters, Patenonkel der älteren Söhne und überzeugt von der universellen Überlegenheit des Menschen. Das misslungene jüngste Mitglied der befreundeten Familie behandelte er gnädig, die Patenschaft hatte nicht er, sondern seine Frau übernommen. Diese Wahltante kam selten, weil, wie geflüstert wurde, dem Alkohol verfallen. Eine Säuferin. Der Pastor somit ein armer, doch tapferer Mann.

„Apf", flüsterte das Kindl. Ungefähr zwanzig bis dreißig Schritte trennten den Pavillon vom Totenplatz der Dogge. Die Verwesung war vorangeschritten, der Geruch erbärmlich. Die letzte Jagd durch den Garten hatte Dux nicht überlebt. Zuviel hatte der Hund dabei gegeben, sein riesenhaftes Herz pumpte angestrengt, die Lungen sogen und stießen, das Rudel, das Pack, blieb zurück, als Dux im gestreckten Galopp dem roten Kater nachhetzte, nur einmal tief bellte, was diesen aus dem Konzept brachte. War es das Bellen oder der Umstand, dass sich etwas sehr Großes, Wütendes näherte, jedenfalls stolperte der Kater, musste den Lauf korrigieren - und diese winzige Unterbrechung der Kontinuität war beider Ende. Zuerst starb der Kater zwischen den Kiefern der Dogge. Dann, überrascht von diesem Erfolg nach lebenslanger unbefriedigender Katzenjagd, überflutet von Glückshormonen, das neidische Triumphgeheul der anderen im Ohr, beendete Dux sein Leben. Ein letzter Herzschlag, und aus. Nicht mehr war von ihm geblieben als ein sich zuerst aufblähender, dann in sich verfallender Leib mit einem Katzenkadaver in den Fängen.

Beerdigen ging nicht, wer sollte die Grube ausheben? Eine Bestattung musste doch sein, überlegte das Kindl, eine Feuerbestattung, wie damals, als der Sarg der Wahltante im Krematorium abgesenkt worden war. Ein rötlicher Schimmer, die Mutter hatte dem Pastor über den Arm gestrichen. Geneigte Köpfe und feierliche Stimmung, danach war nichts mehr von der Säuferin übrig. In Büchern, die es durchblättern durfte, hatte das Kindl Bilder gesehen, im Fernsehen eine Dokumentation über Leben und Tod am Ganges, wo unter Holzstößen mit lodernden Leichen Buben im Fluss schwammen.

Das Kindl dachte an jene indischen Feuerstellen. Und begann im Kleinen. Setzte sich, wartete, bis eine Grille vorbeihüpfte, wehrte die nach dem Insekt schnappenden Hunde mit Löffel-auf-Schnauze-Schlägen ab. Fing die Grille, tötete sie. Brach sich von einem Strauch kleine Zweige ab, schlichtete daraus winzige Scheiterhaufen, die anfangs nicht stehen wollten und auseinanderfielen. Nach und nach verbesserte sich die Technik durch geduldiges Wiederholen, hier wurde verstärkt, dort die Statik ausgeglichen. Dann endlich die Grille obenauf gelegt und mit dem Feuerzeug der Brüder vorsichtig alles angezündet. Die Hunde wichen vor diesem Minifeuer zurück, beobachteten aus sicherer Entfernung das Verbrennen der Grille, deren Körper sich wie in lebendiger Bewegung zusammenzog.

Die Erfahrung war für das Kindl sehr befriedigend. Es lernte. Der kleinflächige Grasbrand, den es durch seinen Versuch ausgelöst hatte, ließ sich einfach löschen. Mit dem Löffel dämpfte es das Glosen aus. Für den nächsten Versuch starb ein Zitronenfalter, den das Kindl aus dem weichen Maul eines der Welpen barg. Eine tellergroße Fläche wurde gerodet, geduldig jeder Halm auszupft, die nackte Erde mit größeren Kieselsteinen umgrenzt. In der Mitte stand bald ein perfekter Stoß, groß wie eine Männerfaust. Die hinzugewonnenen motorischen Fähigkeiten des Kindls waren erstaunlich. Nicht einmal eine Schleife hatte es sich binden können, und jetzt, auf sich zurückgeworfen, ohne Hilfe und Zuspruch, setzte es ruhig Gesehenes, Gehörtes und Erinnertes in die Tat um. Der Schmetterling verschwand im Knistern.

Mehr wollte das Kindl. Sich hinarbeiten zur Kremierung der Doggen-Leiche. In dessen Maul immer noch der Kater steckte, mit Maden und allem Zubehör. Also den Erdkreis erweitern, größere Steine zu dessen Begrenzung fanden sich beim Teich. Es wurde Abend, das Kindl war müde, trotzdem arbeitete es weiter, angetrieben von seinem Plan. Dünne Äste würden nicht reichen für den Kater, es brauchte richtiges Holz für dieses Tier. Genug Zerborstenes lag rund um das eingestürzte Haus, Stühle, Tische, Fensterrahmen. Bilder fanden sich, von der Familie, den Geschwistern, sogar eines vom Patenonkel, die Wahltante daneben, er sitzend, sie stehend, er die Hände auf den

Oberschenkeln abgelegt, sie mit aufgeschwemmtem und stark geschminktem Gesicht, die linke Hand auf der Schulter des Mannes.

Der sehnliche Wunsch, Dux zu begraben, beflügelte die Kreativität des Kindls besser als alles zuvor in seinem bisherigen Leben. Lernspielzeug, Ergotherapie, Fördermethoden nach Montessori. Tausende Euro investiert in diesen zerbrechlichen Körper, in den stillen und schweigsamen Geist. Was den Eltern verschwendet schien, sie jedoch nicht zugaben, nur im Streit kamen solche Themen zur Sprache. Aber alles aufgehoben und gespeichert, jedes Detail fand nun Verwendung. Verinnerlicht war auch das rudimentäre Verständnis physikalischer Gesetze. Die Funktionsweise mechanischer Kraftwandler wie Hebel und Flaschenzug. Die vorhandenen Mittel wurden zu mehr oder weniger tauglichen Provisorien umgebaut.

Mehr als einmal fiel das Kindl aus Frust und Trotz in die frühere Starre zurück. Lag im Pavillon, unansprechbar, Nummer 2 leckte ihm das Gesicht, die alte blonde Hündin und die Welpen legten sich nah an und direkt auf das reglose Kindl, bis es wieder zu ihnen fand. Sich fasste und weiter versuchte, was ihm gelingen wollte.

Verknüpfte mehrere Leinen mit einem Brustgeschirr, band ein Gestell zusammen und spannte die stärksten Hunde einzeln darin ein. Alte Bilder von Expeditionen hatte das Kindl im Kopf, Roald Amundsen mit Schlittenhunden auf dem Weg zum Südpol. Es dauerte, bis die stadtgewöhnten Hunde wussten, was von ihnen verlangt wurde. Keiner von ihnen hatte je auch nur einen Tag gearbeitet, zudem verfügten sie kaum über die erforderliche Begabung. Nummer 2 war zwar gelehrig und schlau, aber ein anderer, der schwarzweiß Gefleckte, begriff am schnellsten. Mit seiner breiten Brust und den muskulösen

Beinen zog er Brocken um Brocken vom Schutt, ein Spiel mit Belohnung. So gelangte das Kindl an einige Schätze. Weitere Dosen wurden aus den Resten der außerordentlich reich bestückt gewesenen Vorratskammer freigelegt, es gab zwar nicht mehr viel, aber vorerst hatten sie noch zu essen, und mit dem ebenfalls geborgenen Dosenöffner fand das mühsame Aufklopfen von Thunfisch in Öl, Erbsen-Karotten-Mischungen und braunen Linsen ein Ende. Wichtiger war das Brennbare, wobei sich das Kindl eine alte Jacke des Vaters, die an ihm wie ein Mantel aussah, zur Seite legte. Eine ganze Reihe zu großer Schuhe stand aufgereiht auf den Stufen zum Pavillon. Natürlich gab es Grenzen. Manches war zu schwer, um aus dem Haufen gezogen zu werden. Der Hund zerrte an der Leine, bis sie riss und er vor dem Löffel des Kindls floh.

Dennoch fand sich eine beachtliche Menge brauchbarer Dinge. Die kleine Gartenschaufel aus bedrucktem Email, ein verbogener, aber funktionierender Regenschirm. Messer. Eine Laubsäge aus dem Besitz des ältesten Bruders. Ein Topf mit Deckel, Bücher, einige Rollen buntes Geschenkpapier. Ein Strickzeug, Socken, Vaseline. Ein kleiner Leiterwagen, ein Spielzeug, aufgehoben vielleicht für künftige Enkel, die es nie geben würde.

Die Hunde, die zu schwach, zu klein oder zu dumm für diese Tätigkeit waren, sahen zu, lagen in der Wiese oder liefen dem Zugtier vor die Beine. Der immer aufgeregte Jack-Russell-Terrier schoss beständig durch den Garten. „Fei“ hatte ihn das Kindl getauft, von „Pfeil“, und „Og“, also „Bogen“, hieß ein anderer Hund, der aussah wie ein Wischmob und der beste Freund Feis war, der sich, wenn er pausierte, ausschließlich neben Og niederließ.

Hätte Fei geruht an diesem Tag, statt das zertrümmerte Haus wieder und wieder zu umrunden. Vielleicht war er von einem Geruch angelockt worden, denn auch die anderen Hunde hoben die Schnauze und bewegten die Nasenlöcher heftiger als sonst. Der Schwarzweiße hatte an einem Lederhocker herumgerissen, der sich gegen die Befreiung wehrte, weil von einer quer klemmenden Garderobenstange zurückgehalten. Als der Hocker schließlich nachgab, löste dies eine Gerümpellawine aus, ein hinter dem Garderobenanbau verborgener Tischtresor fiel auf Fei und zerquetschte dessen Hinterläufe.

Das Kindl bettete Fei auf den Leiterwagen, der Schwarzweiße zog ihn zum Pavillon, wo Og wartete. Zudem hatte eine dichte Wolkendecke den Himmel verdunkelt, erste Tropfen fielen in den Staub der ausgetrockneten Erde. Bald klopfte der Regen in die verschiedenen Gefäße, die vom Kindl vorsorglich aufgestellt worden waren. Die Klangschale füllte sich, Eimer, alte Kübel. Die Pokale des zweitältesten Bruders, im Tennisspiel gewonnen. Im Zierteich, längst fisch- und froschlos, stieg das Wasser im heftiger werdenden Niederschlag wieder an. Der erst schwächer wurde, als sich die Luft entladen musste, das Donnern übertönte Feis Winseln. Dann, das Gewitter war zu einem Wetterleuchten geschrumpft, kam Hagel und riss vieles um. Zerschlug einige Gläser. Wandelte sich zurück in Regen, sehr große Tropfen, sehr dicht, sehr viel. Wusch alles aus und ab. Kam der Boden nicht nach, der Zierteich trat aus seinen Ufern, die Brandstellen im Gras, die kleinen Zeremonienplätze wurden überschwemmt. Die Flut reichte bis an die untersten Stufen des Pavillons und hob weiter hinten dem toten Dux die Beine. Als würde er im Traum jagen, so sah es aus.

Das Kindl stand am Pavillon, besah das braune Wasser. Die Hunde drängten sich neben ihm im halbwegs Trockenen, schüttelten das Fell, standen sich im Weg. Eine Erkenntnis riss das Kindl aus seiner stoischen Haltung. Dux nämlich würde es nicht verbrennen können. Selbst wenn es bald aufklarte, selbst wenn die Sonne stark schien: Alles war nass. Das Holz, der Boden, der Kadaver selbst. Das Feuerzeug der Brüder war ebenfalls verloren, das Kindl hatte es im Freien vergessen. Schleuderte den silbernen Löffel wütend in den niedrigen See, der den Pavillon umspülte. Fei jaulte auf, die Schleuderbewegung hatte den Laufreflex bei ihm ausgelöst, mit gesunden Beinen wäre er aufgesprungen und dem Löffel hinterher, hätte ihn zum Kindl gebracht, auch wenn er schwimmen müsste dafür, er hätte den Löffel gesucht und gefunden. Der Reflex zuckte ihm als Schmerz das Rückgrat hinunter. Das Kindl hockte sich neben den kleinen Hund. Streichelte ihn vorsichtig. „Schhh“, sagte es, und Fei leckte ihm die Hand.

Allmählich ließ der Regen nach, Gewitter gab es keines mehr. Am Morgen schien die Sonne, alles dampfte und tropfte. Hunde und Menschlein wärmten sich auf. Zitterten in ihrer feuchten Haut. Das Wasser hatte sich zurückgezogen, der Teich war höher als sonst und trüb. Den größten Teil des Gartens bedeckte ein weicher, schmatzender Morast, in zunehmender Hitze Krusten bildend. Der Leichnam der Dogge war darin halbversunken, der Kadaver der Katze fortgespült. Das Kindl ignorierte die Hunde, die hungrig waren und gewohnt, dass am Morgen eine Wenigkeit verteilt wurde, bevor sie sich einzeln oder in kleinen Gruppen auf den Weg machten, durch das Loch in der Hecke aus dem Garten schlüpften und fraßen, was sich in der näheren Umgebung fand. Frisch Verendetes. Aus den Nestern gefallene Jungvögel. Blinde Katzenbabys.

Nach dieser Unwetternacht war der Schwarzweiße der erste, der fortlief. Die anderen hofften noch. Sie beobachteten das Kindl. Zu Dux war es gekrochen, der Matsch nicht begehbar. Sah aus wie ein Mensch aus Lehm, als es neben dem toten Hund kniend begann, mit dem Handspaten der Mutter die Grube zu vertiefen. Ein Kind am Strand, das mit nassem Sand spielt. Burgen baut und Gräben zieht. Selbstvergessen, keinen Sinn für Zeit und Hunger. Nach zwei Stunden war vom Körper der Dogge nur mehr wenig sichtbar. Dieses Wenige bedeckte das Kindl mit Erd-Morast, ein kleiner, flacher Hügel war entstanden. Der Boden in der Mittagshitze bereits mehr fest als weich, versehen mit einem Muster aus Spuren von Ballen und Krallen. Die meisten Hunde waren auf Futtersuche. Fei lag an seiner alten Stelle, Og neben ihm. Nummer 2 hielt den silbernen Löffel in der Schnauze. Er trottete zu Dux' Grab und legte den Löffel vor das Kindl, das dahinter im Schatten der Hecke eingeschlafen war.

Erst am frühen Nachmittag rührte es sich wieder. Betastete den Erdhügel, der sich ankrustete und schon erste Risse zeigte. Nummer 2 half dem Kindl zurück zum Pavillon, wo es Regenwasser trank, eine Dose öffnete, aß, eine zweite öffnete und Nummer 2, Og und den schwachen Fei fütterte. Dessen unterer Rücken vielleicht gebrochen war, denn auf den Vorderbeinen zog er sich vorwärts und schien dabei keinen Schmerz zu spüren.

Ging er draußen vorbei, konnte das Kindl durch das größer gewordene Loch in der Hecke deutlich die Füße des Fremden erkennen. Lange hatte der Mann Schuhe getragen, nun war er barfuß. Nach wie vor streifte er fluchend durch die Nachbarschaft.

Die Welpen duckten sich vor der unbekannten Stimme ins Gras. Das Kindl musste den beiden älteren die Schnauze zuhalten, den anderen reichte der Anblick des silbernen Löffels als Mahnung zum Stillsein. Es war eine Frage der Zeit, bis der Mann stehen bleiben würde, irritiert von einem Winseln, einem winzigen Knurren und Kläffen. Dann sähe man zuerst Knie und Hände, weil sich der Verrückte vor das Loch beugte. Als nächstes käme das Gesicht.

Träume und Albträume löste der Gedanke daran beim Kindl aus. Träume, in denen dieses Gesicht einem im Grunde freundlichen Menschen gehörte, dessen körperliche Erwachsenheit das Rudel kräftig erweiterte. Träumend sah das Kindl ein Haus entstehen. Rechtzeitig vor dem Herbst. Vielleicht eine Hütte vorerst, ein Blockhaus mit dicken Baumstämmen und Platz für alle. Im Winter dann gemeinsam die Welpen zu Schlittenhunden erziehen, einer hatte zwei verschiedenfarbige Augen, das könnte doch …

Es war seltsam, aus so einem Traum aufzuwachen, zurückgeworfen auf das alleinige Menschsein. Die Nächte kühl, die Hunde dicht zusammengedrängt.

Eine Erleichterung hingegen war das Erwachen aus den Albträumen, in denen das Gesicht böse war, der Mann sich nicht abhalten ließ durch die Wut der Hunde, im Gegenteil, abgestochen wurden sie, einer nach dem anderen. Im wilden Kampf hetzte das Kindl erst diesen, dann den nächsten auf den Verrückten, der sich durch das Loch in der Hecke in den Garten zwängte, dabei immer größer wurde, dabei schon Nummer 2, der ihm an die Gurgel ging, bezwang, ganz ohne Messer, durch ein Schnappen mit den eigenen Zähnen, die lang und gelb waren in diesen Träumen. In deren mildester Form das Rudel zum Fremden überlief, wie zu einem neuen Herrn und sich knurrend gegen das Kindl …

Wachte es auf. Lauschte auf das Atmen. Auf die Bewegungen. Manche Hunde zuckten mit geschlossenen Lidern und mussten beruhigt werden.

Das Kindl beobachtete das Rudel genau. Die Welpen hatten lange über die normale Zeit an den Zitzen ihrer Ersatzmutter gehangen, bis diese leer war und das Gesäuge wund. Wie alt war die blonde Hündin? Das Kindl zog ihre Lefzen hoch, betrachtete die Zähne, verglich den Zustand mit den Abbildungen in einem Buch über Hunderassen und deren Haltung. Würde die Hündin wieder läufig werden? Selbst wenn, wäre die Auswahl an möglichen Vätern begrenzt. Wohlstandshunde, die Rüden wahrscheinlich unfruchtbar, eine fassadenhafte Potenz.

In manchen Träumen trug der Mann das Gesicht des Patenonkels der Brüder. An ihn dachte das Kindl oft. Der Pastor war ein Verfechter der Kastration gewesen, wie er beim Essen anlässlich der Kremierung seiner Frau erklärt hatte. Der älteste Bruder fragte nach den Gründen. Er selbst wünsche sich schon lange einen Weimaraner, aber – dabei hatte er in Richtung des Kindls genickt, ohne es anzusehen – er dürfe keinen haben. Wunderbare, stolze Tiere wären das, sagte der Onkel, man müsse auch diesen die Eier abschneiden, andernfalls würden sie alles markieren und bespringen, was bei drei nicht auf den Bäumen sei. Die Wangen der Brüder hatte ein Hauch überzogen, mutig stellte sich der Ältere der Scham und warf ein, dann würde er sich eben eine Hündin anschaffen. „Eier raus“, hatte der Patenonkel gerufen, „auch bei der: Eier raus! Die Eierstöcke, die Gebärmutter, der ganze Mist: Raus!“ Sonst hätten sie den Garten voller geiler Rüden. Und außerdem, ob der Bub das nicht wisse, außerdem haben alle Weiber ihre Blutung, alle. Er könne seiner Hündin ja eine Unterhose anziehen und ihr die Binde wechseln, wenn er auf Derartiges stünde.

Die Eltern, die Brüder hatten aufgehört zu essen und das Besteck neben die Teller gelegt. Das Kindl pickte an seinen Erbsen herum. Man hielt es für blöd und hatte sich getäuscht. Weil es nicht sprach? Die Diskussionen, die Themen, sämtliche Worte hafteten geradezu bildhaft in seinem Gedächtnis.

Die Hunde besprangen einander, sie liefen fort, begegneten anderen Rudeln, kamen zurück mit Spuren von Auseinandersetzungen. Es könnte andere Spuren geben, inwendig wachsende. Das antiquarische Buch über Rassen, vom Patenonkel dem Bruder geschenkt und fast unversehrt aus den Trümmern geborgen. Zeichnungen und Fotos, anatomische Details: Aus ihm bezog das Kindl seine Informationen. Es strich den Hündinnen über den Bauch, presste das Ohr darauf, lauschte nach zusätzlichen Herztönen. Glaubte, welche zu hören, dann wieder, es hätte sich getäuscht. Was, wenn nicht?

Die motorischen Fähigkeiten des Kindls und seine Robustheit waren gewachsen, die emotionale Barriere war dünner geworden. Die Zustände der leeren Starre stellten sich nur mehr selten ein. Das Kindl saß oder kroch im Rudel, stand vor dem Loch in der Hecke, vor dem Geröllhaufen, der früher sein Zuhause gewesen war. Es besah die Vorräte, befühlte die Hunde, erspürte Rippen und hervortretende Beckenknochen unter stumpfem Fell. Manche wurden zunehmend apathisch, darunter die blonde Hündin. Sie verließ den Garten lange nach den anderen, um draußen Futter zu suchen. Kam aber vor den meisten zurück und trieb die Welpen in den Pavillon. Alle Hunde und das Kindl selbst hatten Flöhe, manche brachten Zecken mit nach Hause. Über die Schnauze des Schwarzweißen zog sich eine blutige Wunde, als wäre er mit einem Stecken geschlagen worden.

Die Farben vertieften sich, der Herbst griff in den Sommer. Spinnweben flogen durch die Luft, das hatte etwas Friedsames, und in den Frieden hinein fingen die Hunde an, länger fortzubleiben. Oder weg: Der erste, der so verlorenging, war Og, der Freund des mittlerweile verstorbenen Fei. Am nächsten Tag fehlte einer der beiden älteren Welpen. Die Möglichkeit, dass er im verwucherten Garten verunglückt war, bestand durchaus. In Spalten geklemmt, in Kabelschlingen gefangen, in eine Tiefe gestürzt. Lange suchte das Kindl, lauschte und klopfte mit dem Löffel auf die Klangschale. Kam selbst aus dem Gestrüpp, zerkratzt und mit Blasen von den Brennnesseln.

Am Abend zog sich das Kindl aus, besah den eigenen Körper, betastete Brust und Hals, um etwas Rätselhaftes zu ergründen: Unter der Haut saß ein Schmerz. Das war nach dem Tod von Dux so gewesen, nach jenem des kleinen Fei, war abgeklungen und mit dem Verlust Ogs und des Welpen wiedergekommen.

Nummer 2 hielt sich an der Seite des Kindls, als dieses begann, den Ein- und Ausgang zu versperren. Ein großes Stück Karton lehnte es vor das Loch, sich selbst dagegen. Das war völlig unzureichend, denn die Hunde wollten nicht im Garten bleiben, wo sie wenig – und immer weniger – zu fressen bekamen. Sobald sich das Kindl vom

Karton wegbewegte, genügte ein Tappser mit einer Pfote, und der Durchgang war frei.

Das Rudel wurde kleiner, das Reich des Kindls, der Rahmen, den Garten und Pavillon seiner stillen Existenz geboten hatten, enger. Die Häuser der Nachbarn waren verschwunden, das ließ sich beim Blick über die Hecke erkennen, aber vielleicht nur diese? Möglich, hundert Meter weiter waren nur die Menschen verschwunden und die Häuser nicht. Das Kindl betrachtete die Hunde und dachte an eine Festung, wie in den Büchern über Ritterburgen: breite Zinnen und ein Graben rundherum. Zimmer mit Türen, die sich versperren ließen. Wie die eigene Familie mussten andere über eine Speis voller Vorräte verfügt haben. Ungeöffnete Packungen mit Kuchen und Keksen, die üblichen Dosen, Fischkonserven. Feuerzeuge, Flaschen.

Im Garten wuchs nichts Essbares. Die Eltern hatten Hochbeete anlegen lassen wollen, hatten jedes Frühjahr davon gesprochen, Obst und Gemüse aus eigenem Anbau. Sie wollten einen Gärtner zur Beratung kommen lassen, die Mutter hätte sich gekümmert, ein vernünftiges neues Hobby zum Wohl der Kinder. Es war beim Vorsatz geblieben. Die Nachbarn brachten Körbe voller Nüsse, Kirschen, Äpfel und Radieschen. „Bitte nehmt", hatten sie gesagt, „es ist mehr, als wir verbrauchen können."

Jetzt, wo sich das Kühle und Feuchte am Morgen länger hielt und am Abend früher kam, lag der Geruch von Reife und Erde in der Luft, von Kompost und Nichtgepflücktem.

Im Pavillon hatte das Kindl Bilder aufgehängt, aus Büchern und Katalogen gerissen, mit Reißzwecken oder Wäscheklammern rund um seinen Schlafplatz befestigt. Die Bilder waren ohne Ordnung. Ein Traktor mit Augen und breitem Mund aus einem Kinderbuch. Das Warschauer Kulturhaus aus einem Band über Architektur. Dazwischen Tiere, Pflanzen und Werkzeuge. All diese Bilder waren Zierde. Nur eine gelbstichige Fotografie wurde vom Kindl regelmäßig in die Hand genommen und ausgiebig betrachtet. Sie zeigte zwei Knaben, die sich in asiatischer Kampfkunst übten. Einer der beiden kniete und hielt hinter einem Schild ein blankes Messer verborgen. Der andere stand breitbeinig davor und stieß mit einem langen Stock, ebenfalls mit einer Klinge bewehrt, hinunter auf das ihm entgegengehaltene Schild. Die Knaben, schmal wie das Kindl, trugen kegelförmige Hüte, altertümliche, in der Mitte breit gegürtete Jacken, sie waren barfuß, mit kurzen, weit pludernden Hosen.

Dieses Bild erzeugte im Kindl ein Sehnen, das wie der Schmerz nicht zu erklären war. Es sah sich selbst darin mit einem ihm gleichenden Gegenüber. Stellte es die Szene nach, war es beides, der kniende und der stehende Knabe. Als Schild diente ihm ein Bambustablett, als Schwert ein Stock. Manchmal setzte sich das Kindl die Klangschale auf den Kopf, sie war wie ein Helm, wollte aber nicht halten. Dafür ließ sich aus der Anzugjacke des Vaters und einem Schal der Mutter eine Uniform basteln, die jener der Knaben ähnlich sah. In der Wiese neben dem Zierteich brachte das Kindl dieses mitten in der Bewegung erstarrte Bild ins Leben, es drehte sich vorsichtig, hob den Stock und stach ihn in imaginäre Feinde. Für die Hunde, besonders die Welpen, ein Spiel. Verbündete waren sie, oder Angreifer. „Krrr!“, machte das Kindl, und: „Iab!“ Hätte mehr als einmal fast den Fremden nicht bemerkt, wenn der, verrückt wie eh und je, sich fluchend und schimpfend ankündigte.

Dann saß es, in voller Rüstung, gegürtet, mit dem Stock bewaffnet und einem zu großen Strohhut auf dem Kopf, an den Karton gelehnt, der das Loch verschloss. Die Hunde lagerten in seiner Nähe. Alle schwiegen. Das Kindl legte den Finger an die Lippen und hob den silbernen Löffel, steckte ihn zurück in den Gürtel. Zog sich den ältesten Welpen auf den Schoß, um seine Schnauze zu umfassen.

Nichts regte sich im Garten außer dem allgegenwärtigen Zirpen der Grillen. Nichts verriet sein Innenleben. Draußen schlurfte der Mann vorbei.

Wird noch eine Zeit zu hören sein.

INHALT

ICH

WIENER KINDL

DANK

Bei Ljuba Arnautovic, Ursula Ecker und Juliane Kleibel bedanke ich mich für das Mitlesen und für viele hilfreiche Gespräche, bei Nick Meinhart für die intensive Begleitung von der ersten bis zur letzten Seite und bei Dominique Hammer für die Porträtbilder.

Mein guter Freund Oskar Stocker hat mir erneut wunderbare Zeichnungen geschenkt, auf deren Basis mein Lebensgefährte Taha Alkadhi Umschlag und Grafiken gestaltete. Beide erstaunen mich immer wieder mit der Art, wie sie die Atmosphäre treffen, oft nur nach wenigen Hinweisen zum Geschehen.

Arno Kleibel habe ich (unter anderem) zu danken, weil er sich mit seinem Verlag auch auf dieses Buch eingelassen hat, bei Nadine Fejzuli (nicht nur) für Pressearbeit und Organisation.

Das Lektorat war bei Autolyse Wien ein ganz besonderes: Christine Rechberger hat noch vor ihrer Karenz das Buch mit viel Zuversicht aus der Taufe gehoben. Ludwig Hartinger ist mir den restlichen Weg über zur Seite gestanden, hat mich dabei an einen Anfang zurückgeworfen, von dem wir beide wissen, dass es im Grunde nicht der Anfang war.

Ich danke Euch allen!

Autolyse Wien wurde vom Land Oberösterreich mit dem Adalbert Stifter Stipendium 2016 gefördert.

Wien, Juli 2017